مقبرة الشمس

إعداد وتحرير: رأفت علام

رسوم الغلاف: وليد معوض

مكتبة المشرق الإلكترونية

صدر في مارس ٢٠٢١ عن مكتبة المشرق الإلكترونية – مصر

Table of Contents

نهاية نيوتس

الفضاء الخارجي.

مكان ما بين كوكب المريخ والمشتري.

عام ١٥٥٠ قبل الميلاد، بتوقيت كوكب الأرض..

انتشرت أبخرة وردية خفيفة، في الغلاف الجوي لكوكب (نيوتس)، على نحو لم يعهده مناخ الكوكب من قبل، وبدا سطحه مقفرًا على غير عهده، حتى ليخيل للناظر أنه كوكب مهجور، لولا تلك القبة الزجاجية، التي تحيط بما بدا كأطلال مدينة قديمة، كانت يومًا دليلًا على حضارة راقية، لم تصمد طويلًا أمام المتغيرات والعوامل الطبيعية القاسية، التي أحاطت بالكوكب، منذ ما يقرب من نصف قرن، مع انهيار الطبقة الواقية لغلافه الجوي..

وداخل تلك القبة الزجاجية، لم يكن الحال بأفضل كثيرًا من خارجها، فقد امتدت المقابر لمسافات شاسعة، وبدا العدد القليل من الأحياء، من سكان الكوكب، شاحبًا ممصوصًا، بعد معاناة طويلة شاقة..

وخلف نافذة أحد المباني، التي بقيت على حالها القديم، وقف آخر رئيس لآخر مدينة على سطح الكوكب، يتطلع في أسى إلى الخراب الذي أصاب كل شيء، وهو يقول لقائد أمنه في مرارة:

- لم يعد هناك أمل.. الأبخرة الوردية المتصاعدة من شقوق الأرض تتزايد في سرعة، وآخر تقارير العلماء تؤكد أن الكوكب سينفجر لا ريب، خلال أسابيع معدودة.

وتنهَّد في حزن، مستطردًا:

- من يصدق هذا؟.. لم يكن انفجار الكواكب في شبابي سوى فكرة عجيبة، في روايات الخيال العلمي، أما الآن فقد صار حقيقة واقعة، ننتظر حدوثها بين ساعة وأخرى.

قال قائد الأمن في احترام:

- كان ينبغي أن نصغي إلى العلماء، عندما حذروا من حدوث هذا، منذ أكثر من نصف قرن.

هز الرئيس رأسه في أسى، وهو يجيب:

- كان أكبر خطأ ارتكبناه.. لقد سخرنا منهم، وعزلناهم، واتهمناهم بالتخريف والتشاؤم، وها نحن أولاء ندفع الثمن الآن.وأشار بيده إلى الخراب المحيط بالمكان من كل جانب، مضيفًا:

- حضارات كوكبنا كلها أبيدت، وكل الحلول فشلت في إيقاف أو منع الكارثة، وانتشرت الأمراض والأوبئة، وتساقط الشعب كالذباب، ولم تعد لدينا طاقة كافية، أو وسائل متطورة.. بل لم يعد هناك شعب قادر على الصمود والمقاومة.. الجميع ينهارون في سرعة، والقبة الزجاجية لم تنجح في إنقاذنا.. إنها نهاية الكوكب بأكمله يا قائد الأمن.

عض قائد الأمن شفتيه، قائلًا:

- آه لو كنا أنجزنا مشروع الفضاء.

مطَّ الرئيس شفتيه، قائلًا:

- فات أوان الندم.. لم يعد هناك ما يمكن فعله.. كوكبنا سينفجر كله بعد أسبوع أو أسبوعين على الأكثر، بعد تفاعل أشعة الشمس مع الأبخرة الوردية، والمواد المشعة في تربتنا.

وتنهَّد في عمق، وهو يصمت لحظة، قبل أن يضيف في اهتمام مفاجئ:

- ولكن لدينا سفينة الفضاء التجريبية..

خُيل لقائد الأمن أنه فهم ما يعنيه الرئيس بهذا الاهتمام المفاجئ، فقال في حماس:

- هذا صحيح يا سيادة الرئيس.. يمكنك أن تستقل سفينة الفضاء التجريبية، وتنطلق بها إلى أقرب كوكب يمكننا الحياة على سطحه.. إلى كوكب (لويند).

ارتسمت ابتسامة حزينة على شفتي الرئيس، وهو يلتفت إليه، قائلًا:

- لم تفهمني يا قائد الأمن.. لست أرغب في مغادرة الكوكب، أو العيش ككائن منفرد منبوذ، على كوكب آخر، يختلف عنا سكانه في مظهرهم وطبيعتهم، وحتى في درجة تقدمهم.

قال قائد الأمن في انفعال:

- ولكنها فرصتك الوحيدة يا سيادة الرئيس، فسفينة الفضاء التجريبية هي وسيلة الانتقال الوحيدة لدينا، للسفر عبر الفضاء، وهي لا تسع سوى راكب واحد، وأنت أكثر شخص يمتلك الحق في النجاة، ثم إن سكان

كوكب (لويند) لا يختلفون عنا كثيرًا، سوى في الحجم ولون البشرة، ولقد راقبنا حضاراتهم طويلًا، عبر أجهزة الرصد القضائية، وأعتقد أن من بينها حضارة خاصة، يمكنها استقبالك، وإكرام وفادتك، بل واعتبارك أحد الآلهة الهابطة من السماء.

تنهَّد الرئيس مرة أخرى، وهز رأسه، قائلًا:

- قلت لك: إنك لم تفهمني يا قائد الأمن.. لست أسعى للنجاة، بل إنني أعتقد أن انتهاء حياتي هنا، هو الوسيلة الوحيدة للتكفير عن أنانيتي وصلفي، اللذين تسببا فيما وصل إليه كوكبنا، ولكن ما أفكر فيه هو حضارتنا.. تلك الحضارة التي نشأت وتطورت عبر آلاف السنين.. ربما يكون مصيرنا هو الفناء، ولكن من العار أن تفنى كل هذه الحضارة.

سأله قائد الأمن في حيرة:

- وكيف يمكن إنقاذها؟

تطلَّع إليه الرئيس لحظة في صمت، قبل أن يقول في حزم:

- بنقلها إلى كوكب (لويند).

انعقد حاجبا قائد الأمن، وهو يسأل:

- وكيف السبيل إلى هذا؟

تطلَّع إليه الرئيس لحظة أخرى في صمت، ثم تقدَّم نحوه، ووضع يده على كتفه في حزم، قائلًا:

- سأسند إليك هذه المهمة يا قائد الأمن.

اتسعت عينا قائد الأمن، وتراجع كالمصعوق، وهو يهتف:

- أنا؟!

أجابه الرئيس في حزم أكبر:

- نعم.. أنت يا قائد الأمن.. سنستغل الأيام الباقية في حياة كوكبنا، لننجز أعظم أعمالنا على الإطلاق.. ستضغط كل حضارتنا في اسطوانات دقيقة، وسنرسلك بها إلى كوكب (لويند)، مع جهاز العرض الخاص بها، وبلغة الحضارة التي اخترتها.

قال قائد الأمن في دهشة متوترة:

- ولكن تلك الحضارة، على الرغم من تقدمها، بالنسبة لمثيلاتها على كوكب (لويند)، لم تبلغ بعد الحد الكافي لفهم حضارتنا، أو حتى لاستخدام اسطواناتنا الدقيقة، وإدراك ما تحويه.

أشار الرئيس بسبابته، قائلًا:

- ربما ليس الآن، ولكنهم سيتطورون حتمًا، وسيبلغون يومًا الحد الكافي لفهم هويتنا، وإدراك تأثيرها على تقدمهم، وعندما يحدث هذا، ستقفز بهم معلوماتنا لقرنين من التطور دفعة واحدة.

وبهذا تكون حضارتنا قد أثمرت في تطوير الحياة على الكوكب الوحيد بعدنا، الذي يحوي مخلوقات عاقلة، في مجموعتنا الشمسية كلها.

صمت قائد الأمن بضع لحظات، قبل أن يغمغم:

- سيّدي الرئيس.. أعترف أن الفكرة رائعة، وتحمل الكثير من النبل والرقي، ومن روح الفروسية، التي اندثرت منذ قرون، وكان اندثارها سببًا من أسباب ما وصلنا إليه، ولكن الأمر ليس سهلًا كما تتصور، فربما أتلفوا وثائقنا واسطواناتنا، قبل أن يبلغ بهم التطور الحد الكافي، لفهم ما أهديناهم إياه.

أومأ الرئيس برأسه متفهمًا، وهو يقول:

- سنعمل على ألا يحدث هذا.. سنزودك بما يبهرهم، ويدفعهم إلى احترام تعليماتك إلى أقصى حد.. اطمئن.

وأطل التأثر من عينيه، وهو يستطرد:

- المهم أن تبذل قصارى جهدك للقيام بالمهمة على أكمل وجه، بحيث تنطلق بسفينة الفضاء التجريبية إلى كوكب (لويند) بأقصى سرعة، قبل أن ينفجر كوكبنا، ونفقد كل شيء.

وعاد يضع يده على كتفه، مضيفًا بصوت متهدَّج:

- وتذكر دائمًا أنك الأمل الأخير لحضارتنا.

اعتدل قائد الأمن، وشدّ قامته، وكأنه يعلن عزمه على القيام بالمهمة.. حتى آخر رمق..

☆☆☆

كوكب الأرض..
عام ١٥٥٠ ق.م..
مصر الفرعونية..
فترة حكم الملك (أحمس)، وبدايات الأسرة الثامنة عشرة..
تطلّع العرّاف الخاص بالملك (أحمس) إلى السماء ذات النجوم، واتسعت عيناه عمدًا، على نحو أضفى عليه مظهرًا مخيفًا، وهو يلوّح بيده، قائلًا بصوته الضخم العميق:
- ذلك الوميض الكبير، الذي ظهر في السماء منذ أسابيع، ليس أمرًا عاديًا بالتأكيد يا مولاي العظيم.. إنه علامة على الرخاء الذي سيجري على يديك، على شعبك المخلص، بعد انتصارك على (الهكسوس) وتحرير البلاد بعد زمن طويل من العبودية، وعودتك إلى عرشك سالمًا.. ذلك الوميض الذي اشتعل ثم انطفأ، هو الدليل على أن الآلهة راضية عما فعلت وتفعل لشعبك.
مطَّ كاهن القصر شفتيه، وهو يقول:
- ولكن هذا الوميض استغرق طويلًا، فما الذي يعنيه هذا؟
لوَّح العرّاف بذراعيه في أسلوب تمثيلي مبتذل، وهو يهتف:
- يعني أن فترة حكم مولاي العظيم ستمتد إلى أمد طويل، تحت رعاية الآلهة.
ارتسمت ابتسامة كبيرة على شفتي الملك (أحمس)، وهو يقول:
- أحسنت أيها العراف.. أحسنت.
عاد الكاهن يمط شفتيه، وكأنما لا يروق له ما يفعله العراف، الذي برقت عيناه، وارتسمت على شفتيه ابتسامة كبيرة، وهو ينحني أمام الملك، حتى يكاد رأسه يضرب الأرضية الحجرية، قائلًا:
- أنا في خدمة مولاي العظيم.
هزَّ الملك (أحمس) رأسه في ارتياح، ثم رفع يده، وهو يقول في عظمة:
- وحتى يشعر شعبي بالرخاء، الذي أحمله معي، فأنا آمر ب....
بتر عبارته بغتة، واتسعت عيناه في دهشة تمتزج بشيء من الارتياع، وهو يحدق في السماء أمامه، من شرفة قصره، في حين أضيء المكان

كله بضوء مباغت قوي، انعكس على وجوه الجميع، وهم يحدقون في كتلة من اللهب، راحت تشق طريقها في السماء، متجهة نحو الأرض.. ونحو قصر الملك (أحمس) بالتحديد..

وفي انبهار يبلغ حد الذهول، ران على الجميع صمت رهيب، وكتلة اللهب تهبط وتهبط في سرعة، حتى اتضحت ملامحها..

كانت عبارة عن جسم أسطواني أحمر اللون، له ثلاثة أجنحة، في شكل مثلث منتظم، ويهبط بسرعة رهيبة نحو الأرض، ومن أسفله تندلع ألسنة اللهب المخيفة..

وأمام أعين الجميع، هبط ذلك الجسم الاسطواني، على قيد أمتار قليلة من شرفة قصر الملك (أحمس)، الذي كان أوَّل من انتزع نفسه من ذهوله، وهو يغمغم في قلق:

- ما هذا بالضبط؟

لم يكد يتم عبارته، حتى انفتح جانب الجسم الأسطواني، على نحو مباغت، انتفضت له أجساد الجميع، وهتف العرَّاف:

- يا للآلهة!

وشهق الكاهن في عنف، في حين حدَّق الملك وأتباعه ووزراؤه في ذلك الكائن، الذي برز من فتحة الجسم الاسطواني..

كان تكوينة العام لا يختلف أبدًا عن تكوين البشر، ولكن بشرته كانت خضراء كلون حشائش الأرض، وعيناه كانتا حمراوين، مستديرتين، وعلى قمة رأسه شعر أزرق داكن..

وكان يرتدي زيًا فضيًا من قطعة واحدة، وخوذة صغيرة شفافة..

وفي هدوء، خلع ذلك الكائن خوذته، وهو يقول بلغة يفهمها الجميع، على الرغم من ركاكتها:

- أنا (كال-دون) قائد أمن كوكب (نيونس)، الذي انفجر منذ عدة أسابيع، ومعي رسالة خاصة لملككم (أحمس).

نطق عبارته، فران بعدها صمت أكثر رهبة على المكان، وقطعه الكاهن، وهو ينحني في سرعة، هاتفًا بصوت مرتجف:

- إنه مبعوث الآلهة إلى مولانا العظيم.

تردَّدت العبارة على الألسن، وتنقلت بين الآذان همسًا وجهرًا في ثوان معدودة، ثم سقط الجميع ينحنون أمام (كال-دون)، فيما عدا الملك (أحمس)، الذي اتسعت عيناه بشدة، وهو يحدّق في ذلك المبعوث، الذي هبط من السماء، ليلتقي به شخصيًا..

وبعد دقيقة من التردد، نهض الملك (أحمس)، وأشار بيده، قائلًا:

- فليتقدم مبعوث الآلهة.

شدّ (كال-دون) قامته، وتقدَّم نحو الملك (أحمس)، وقال:

- إنني أحمل لك هدية من كوكبي.

ورفع يده أمام الملك بكرة بيضاء، مرَّر يده فوقها، ولمسها بطرق سبَّابته، فأضيئت فجأة بضوء مبهر، شهق له الجميع، واضطر معه الملك إلى إغلاق عينيه، و(كال-دون) يواصل:

- هذا المصباح يعمل بطاقة نادرة، ولقد اشتعل الآن، ولن ينطفئ قبل مليون سنة من سنوات كوكبكم (لويند).

وأمام تلك الظاهرة المبهرة، هتف الملك أن (أحمس) مرة أخرى:

- مرحبًا بمبعوث الآلهة.

كان (كال-دون) يهم بقول شيء ما، عندما زاغت عيناه بغتة، ولهث بشدة، وهو يقول:

- عجبًا!.. كنا نتصوَّر أن جو كوكبكم يناسبنا، ولكن الواضح أن...

لم يستطع إتمام عبارته من شدة لهاثه، فأسرع يرتدي خوذته ثانية، ويضغط عدة أزرار في حزامه، فانتظمت أنفاسه إلى حد ما، وغمغم في أسى واضح:

- لقد أخطأنا ثانية.. ويا له من خطأ!

تطلَّع إليه الجميع في حيرة مترقبة، فشد قامته ثانية، وهو يقول للملك (أحمس):

- لم يعد لدي وقت، فليس لدي مخزون من الهواء إلا لساعة واحدة، فلم أكن أتوقع أن جوكم لا يناسب جهازي التنفسي قط..

أريد أن ألتقي بك وحدنا أيها الملك (أحمس)، فأنا أحمل لك رسالة خاصة.

لم يفهم الجميع من حديثه سوي الجزء الأخير، فالتفت الملك (أحمس) لحظة إلى مستشاريه، قبل أن يجيب:

- على الرحب والسعة يا مبعوث الآلهة.

عاد (كال-دون) إلى سفينته الفضائية، والتقط منها علبة كبيرة شفافة، حملها وهو يتجه مع الملك إلى حيث يتم اجتماعهما الخاص..

ولا أحد يدري ما الذي دار في ذلك الاجتماع بالضبط.

لقد ظلا معًا لساعة كاملة أو يزيد، وبعدها خرج الملك وحده، وهو يقول في أسى واضح:

- مهمة مبعوث الآلهة انتهت، وكذلك حياته..

اتسعت العيون كلها في دهشة وانبهار، وامتلأت نفوسهم بالحيرة، وحاول بعضهم سؤال الملك (أحمس) عما حدث في ذلك الاجتماع المغلق، إلا أنه لم يفصح عن هذا قط..

كل ما فعله هو أن أمر بمعاملة جثة (كال-دون) معاملة الملوك، وتحنيطها بأفضل الأساليب الممكنة، وإقامة قداس جنائزي مناسب لها..

وتم تنفيذ أوامر الملك بمنتهى الدقة..

وبعد أربعين يومًا بالتمام والكمال، أقيمت جنازة فخمة كبيرة للكائن (كال-دون)، وتم وضعه داخل تابوت خاص، ودفنه في مقبرة ملكية، مع أوان كانوبية تحمل وجهه، ووضع معه كل ما حوته سفينة الفضاء التجريبية، التي أتى بها إلى الأرض، ثم أغلقت مقبرته في إحكام، ووضعت عليها حراسة مشدَّدة، لمنع اللصوص والمغامرين من نهبها..

أما ذلك الصندوق الشفاف، والمصباح الذي لا ينطفئ أبدًا، فقد تم وضعهما داخل صندوق كبير، محكم الإغلاق، ازدان بنقوش تروي القصة كلها، وفوقه أقيم أروع نموذج عرفه التاريخ لمركب شمس..

وفي حزم واضح، أصدر الملك (أحمس) أوامره بالحفاظ على الصندوق ونموذج مركب الشمس، حتى تحين اللحظة المناسبة لفتحة، وإخراج محتوياته..

ولقد أصدر الملك (أحمس) أوامره بهذا، وفاء لوعد قطعه على نفسه، أمام (كال-دون)، وإن كان يجهل متى يمكن أن تحين تلك اللحظة المناسبة..

يجهل هذا تمامًا.

★ ☆ ☆

إلى الجنوب

جنوب مصر..

النوبة..

شتاء عام ١٩٥٩م..

ارتدى الحاج (نافع): كبير النوبيين جلبابه الأبيض النظيف، بعد عودته من حقله، مع غروب الشمس، وخرج يستنشق الهواء النقي، في تلك الفترة من السنة، وهتف ينادي ابنه البكر (عبد الله)، قائلًا:

- قل لأمك أن تعد لنا أقداح الكركديه، فالرجال على وشك الوصول..

كان يستعد لاستقبال رجال القرية، الذين اعتادوا قضاء أمسياتهم في الساحة الكبيرة أمام داره، لمناقشة أمورهم، وعرض مشكلاتهم عليه، بصفته كبيرهم، وأكثرهم حكمة ووقارًا، ورجاحة عقل.

وكعادته، حمل وجهه الأسمر الكلثومي ابتسامة عذبة مشرقة، ما أن يقع بصرك عليها، حتى تقع في هواه على الفور..

وفي هدوء، جلس الحاج (نافع) على مصطبة من مصاطب الساحة، يراقب غروب الشمس، ليؤدي صلاة المغرب، ويستعد لاستقبال الرجال، و..

"يا حاج (نافع).. يا حاج (نافع).."

قطع الصياح تسلسل أفكاره، وانتزعه من نشوته الدائمة، وهو يشاهد غروب الشمس، فانتفض في مجلسه، وهتف:

- ماذا هناك؟. ماذا حدث؟!

وقع بصره على عدد من شباب القرية، يهرعون إليه في انفعال واضح، فهب لاستقبالهم، وهو يسأل مجددًا:

- ماذا حدث يا شباب؟

أجابة أحدهم، وهو يشير إلى الجبل القريب:

- غريب يا حاج (نافع).. غريب دخل القرية.

هتف الرجل في دهشة:

- غريب؟!..

ثم اندفع خلف الشبان، يعبر شوارع القرية المنتظمة المستقيمة، حتى فوجئ أمامه برجل أحمر الوجه، أشقر الشعر، أزرق العينين، يبدو من

هيئته وثيابه الرثة أنه خاض أهوالًا، قبل أن يصل إلى القرية، وخاصة مع قدميه المتورمتين، اللتين يجرهما خلفه جرًا، وشفتيه المتشققتين، وهو يغمغم بصوت مبحوح مشروخ، ولكنته أجنبية واضحة:

- ماء.. أريد جرعة ماء.

قالها، وتهاوى جسده كله دفعة واحدة، فقفز الحاج (نافع) يلتقطه بين ذراعيه، وهو يهتف:

- أحضروا الماء بسرعة.

تعاون معه بعض شباب القرية، في حمل الرجل إلى الساحة، في حين أسرع البعض الآخر يحضر الماء، وهم بسقي الرجل، ولكن الحاج (نافع) أشار إليه، قائلًا:

- بلل شفتيه فحسب.. لو شرب الماء دفعة واحدة ستتأذى معدته كثيرًا.

استقبل الرجل قطرات الماء، التي تبلل شفتية، في لهفة شديدة، وحاول اختطاف الوعاء من الشاب الذي يسقيه، وإفراغه كله في جوفه، ولكن الحاج (نافع) ربَّت عليه مهدئًا، وهو يقول:

- مهلًا يا رجل.. مهلًا.. تماسك قليلًا، وسنسقيك الماء كله.

التفت إليه الرجل بعينين زائغتين، وهو يقول بالإنجليزية، في لهجة أمريكية خالصة:

- لقد.. لقد رأيتها.

كانت معرفة الحاج (نافع) بالأمريكية محدودة، ولكنه فهم ما يعنيه الرجل، فسأله في حيرة:

- رأيت ماذا؟

ارتجفت سبَّابة الرجل، وهو يشير بها، قائلًا في تهالك:

- الشمس.. رأيت الشمس تشرق في قلب الصندوق القديم، رأيت الـ...

كان هذا آخر ما فهمه الحاج (نافع) من كلمات الرجل، الذي اندفع يتحدَّث ويتحدث في حرارة، وبكلمات مضطربة، تضاعفت معها صعوبة تفسيرها، وعيناه تتسعان وتتسعان في ذعر، ثم لم يلبث أن أخذ يلهث، ويلهث، فانعقد حاجبا الحاج (نافع) في قلق، وهو يقول:

- رويدك يا رجل.. حالتك لا تحتمل كل هذا الانفعال.

امتقع وجه الرجل في شدة، ولكنه لم يتوقف عن الحديث، ودسَّ يده في جيب سترته الممزقة، وأخرج رقعة من الجلد، مدّ بها يده إلى الحاج (نافع)، وهي ترتجف في شدة، فالتقط الحاج رقعة الجلد، وهو يقول:

- حسنًا.. حسنًا.. سأحتفظ بها، ولكن اهدأ.. حالتك تتدهور بشدة، بسبب انفعالاتك الجارفة هذه..

ازدرد الرجل لعابه في صعوبة، فأسرع الحاج يبلل شفتيه، ويصب بينهما بضع قطرات من الماء، تلقفها الرجل في لهفة، قبل أن يقول بعينين زائغتين:

- الشمس.. عرفت موضع شمس (أحمس).

ردَّد الحاج في دهشة:

- (أحمس)؟!

ولم يكن ينطقها، حتى أطلق الرجل شهقة عنيفة، واتسعت عيناه عن آخرهما، ثم انهار فجأة، وفاضت روحه من جسده..

وبذل الحاج (نافع) وشباب القرية قصارى جهدهم، في محاولة إسعاف الرجل أو إنقاذه، ثم تبين لهم أنه لقي مصرعه بالفعل، ولم يعد هناك ما يمكنهم فعله من أجله، فخفض الحاج (نافع) عينيه في أسى، وهو يقول:

- لا حول ولا قوة إلا بالله العلي العظيم.. "وماتدري نفس بأي أرض تموت" صدق الله العظيم.. هيا يا شباب.. سنبلغ أقرب نقطة شرطة، ونخلي مسئوليتنا من الموقف كله.

تطوَّع بعض الشباب للذهاب إلى نقطة الشرطة، في حين تطلع الحاج (نافع) إلى الرقعة الجلدية التي أعطاه إياها الرجل قبل موته، والتي حوت بعض الأرقام والرموز باللغة الإنجليزية، وتساءل في حيرة: لماذا كان اهتمامه الشديد بها، وهو يلفظ أنفاسه الأخيرة..

وعلى الرغم من أنه راجع الرموز أكثر من عشر مرات، فقد بدا له الأمر أشبه بلغز..

لغز غامض..

☆ ☆ ☆

القاهرة..
صيف ١٩٩٠م..

أطلق الرسام الصحفي (قاسم عيسى) زفرة حارة، من أعمق أعماق قلبه، وهو يلقي ريشته على سطح مكتبه، ويتراجع بمقعده في حنق، متطلعًا إلى جهاز تكييف الهواء القديم في حجرته، قائلًا:

- كنت أتوقع منك هذه النذالة، فحرارة الجو تتجاوز الأربعين درجة مئوية، وأنت تختار هذا اليوم بالذات لتتوقف عن العمل.

ثم التقط سمَّاعة الهاتف الداخلي للمجلة، وقال في غضب:

- أين عامل قسم الصيانة؟!.. إنني أتصل به منذ ساعة كاملة، لإصلاح جهاز التكييف، ولم يأت حتى الآن!

أحنقه أن يسمع بعض التبريرات التقليدية السخيفة، ردًا على سؤاله، فأنهى الاتصال في حنق، دون أن يكرر مطلبه، وزفر مرة أخرى في سخط، وهو يستعيد أحداث يومه المرهق، منذ فتح عينية في الصباح الباكر.

لقد استقبله، أول ما استقبله، انقطاع المياه في المنزل، بسبب بعض الإصلاحات التي تجري في المنطقة، فغضب وثار، لأن أحدًا لم يهتم بالتنبيه على السكان، ليدخروا احتياجاتهم من الماء قبل انقطاعه، ثم لم يلبث أن أدرك عدم جدوى ثورته، فاستخدم زجاجة من زجاجات الماء البارد في البرَّاد، لغسيل وجهه، وإعداد قدح من الشاي، ثم هبط ليستقل سيارته، إلا أنها فاجأته بأن بطاريتها قد استغرقت في سبات عميق، ورفضت النهوض منه، على الرغم من تعاون بعض المارة معه في دفع السيارة، مما اضطره إلى أن يستقل واحدة من سيارات الأجرة، للوصول إلى المجلة، ولكن السائق اتخذ مسارًا طويلًا، لينهي بعض أعماله الشخصية، فوصل إلى مقر المجلة متأخرًا، واحتمل في حنق تأنيب رئيس القسم الفني له، وتذكيره إياه بأنه من المفترض أن يتم تسليم عدد المجلة إلى المطبعة في المساء، وأنه لم ينته من لوحة الغلاف بعد..

وعندما صعد إلى مكتبه، ليضع اللمسات الأخيرة للوحة، توقف جهاز تكييف الهواء عن العمل، وأصبحت الحجرة أشبه بفرن صغير لا يطاق..

وعلى الرغم من هذا، فقد أنهى لوحة الغلاف، واتصل بسكرتير التحرير، ليرسل من يتسلمها، ثم أخذ يجمع حاجياته، وقد قرَّر الذهاب على الفور إلى النادي، والغوص في حوض السباحة، حتى غروب الشمس..

وبينما انهمك في وضع أشيائه في حقيبته، سمع طرقًا على باب مكتبه، فقال دون أن يلتفت إليه:
- ادخل.
سمع صوت الباب يفتح، ووقع أقدام تدلف إلى الحجرة، فقال بسرعة:
- اللوحة على المكتب يا عم (علي).. اذهب بها إلى الأستاذ (فريد)، وقل له: إن الخلفية تحتاج إلى خمسين في المائة أزرق صرف، و..
قاطعه صوت ضاحك، يقول:
- لست عم (علي) يا أستاذ (قاسم).
التفت في سرعة إلى مصدر الصوت الأنثوي الرقيق، ووقع بصره على زميلته (ليلى)، التي يميل إليها كثيرًا، وبصحبتها رجل أسمر البشرة، ممتلئ الوجه، على الرغم من نحول جسده الواضح، يرتدي حلة قديمة، بدا من الواضح أنه يحرص على تنظيفها والعناية بها جيدًا، وقميصًا ناصع البياض، بدأت أطراف ياقته في التآكل على نحو ما..
ولثانية أو ثانيتين، ظل (قاسم) يحدّق في الرجل والفتاة، التي خفتت ابتسامتها، وهي تقول في شيء من القلق:
- هل أزعجك حضورنا، دون موعد سابق؟
هتف في حرارة:
- مطلقًا.
وأسرع يجذب مقعدًا، ويدعوها إلى الجلوس، مستطردًا:
- المكتب يزداد بهاء، كلما شرفته بزيارتك يا آنسة (ليلى)..
استعادت ابتسامتها العذبة، وهي تقول في مرح:
- آه.. مجامل أنت دائمًا.
ثم قدمت له الأسمر، مستطردة:
- الأستاذ (راضي صديق) من النوبة.
صافحة في حرارة، مجاملةً لها، ودعاه إلى الجلوس بدوره، وهو يتطلّع إليها متسائلًا، فأكملت بابتسامة كبيرة:
- الأستاذ (راضي) طلب مقابلتك بالتحديد، لأمر يخص العمل.
- سأل في دهشة:
- أي عمل؟!

هزَّت كتفيها، مجيبة:

- ليست لدي أدنى فكرة.. هو سيخبرك.

استدار (قاسم) إلى النوبي بنظرة متسائلة، فتنحنح هذا الأخير في حرج، وقال في لهجة مهذبة للغاية:

- إنه أمر يتعلق برسم بعض الآثار.. إحم.. قطعة واحدة من الآثار بالتحديد.

ساوره الشك، وهو يغمغم:

- قطعة واحدة من الآثار؟!

ثم صمت لحظة، تطلَّع خلالها إلى وجه النوبي، الذي بدا له بسيطًا مباشرًا، على الرغم من ارتباكه الواضح، فسأله في اهتمام:

- ولماذا أنا بالتحديد؟

ازدرد النوبي لعابه، في محاولة للسيطرة على خجله وارتباكه، قبل أن يجيب:

- العدد قبل السابق من المجلة، كان يحوي موضوعًا عن الآثار المصرية القديمة، زينته أنت ببعض الرسوم الدقيقة الجميلة، التي جذبت انتباهنا بشدة، فوجدنا معها أنك الشخص المناسب لما ننشده بالضبط.

ردَّد في حيرة قلقة:

- لما تنشدونه؟!

ارتبك النوبي أكثر، وهو يقول:

- نعم.. أنا وأصدقائي.. إننا من المهتمين بالآثار.

لم يدر لماذا راودته الشكوك بشدة في هذا الموقف كله، فتراجع في مقعده، وهو يقول في شيء من الحزم:

- أستاذ (راضي).. الواقع أنني..

قاطعه النوبي في سرعة:

- خمسين ألف جنيه..

ارتفع حاجبا (ليلى) في دهشة، في حين اعتدل هو في حركة حاده، هاتفًا:

- ماذا؟!

أجاب النوبي في سرعة، وكأنما يخشى لو توقف ألا يستطيع مواصلة الحديث مرة أخرى:

- سندفع لك خمسين ألف جنيه، إلى جانب الإقامة الكاملة، مقابل الرسوم المطلوبة.

أطلقت (ليلى) صفيرًا طويلًا، ثم أكملته بضحكة مرحة، وهي تقول:

- أعتقد أنها صفقة رابحة يا (قاسم).

كانت كذلك بالفعل، إلا أنه لم يستطع مقاومة موجة الشك في أعماقه، التي تساءلت في قلق: ما الذي يدفع شابًا مثله، إلى دفع مبلغ ضخم كهذا، مقابل بعض الرسوم البسيطة، على الرغم من أنه يبدو كشخص محدود الدخل بسيط الحال؟!..

ثم أية آثار تلك التي يرغب في الحصول على رسم لها؟!.. ولماذا؟!..

ثم اعترف لنفسه بأن إغراء المبلغ يفوق كل شكوكه وقلقه، فتنهَّد في عمق، ومد يده يصافح النوبي، قائلًا:

- اتفقنا يا أستاذ (راضي).

تهلَّلت أسارير النوبي، وشد على يده في حرارة، قائلًا:

- أشكرك يا أستاذ (قاسم).. أشكرك كثيرًا.

ثم استطرد في لهفة:

- هل يمكننا الرحيل خلال ساعة؟

هتف في دهشة:

- ساعة واحدة؟!

أومأ برأسه إيجابًا، وهو يقول في لهفة:

- نعم يا أستاذ (قاسم)، فطائرة (أسوان) ستقلع بعد ساعة واحدة، وعندما نصل إلى هناك، سيكون علينا أن نستقل واحدة من سيارات الأجرة إلى قريتي، وهذا يعني أننا سنصل إليها مع الغروب بإذن الله.

عاد القلق يملأ نفسه، وهو يسأله:

- هل تريدون الرسوم بهذه السرعة؟

أومأ برأسه إيجابًا، وازدرد لعابه في صعوبة، دون أن ينبس ببنت شفة، فغمغم (قاسم):

- في هذه الحالة، لا بأس.

تهلَّلت أساريره مرة أخرى، وهو يعود للشد على يده، قائلًا:

- سنلتقي بعد ساعة واحدة في المطار إذن.
وأسرع يغادر المكتب، فابتسمت (ليلى)، قائلة:
- أهنئك.. لو أنني في موضعك لما خسرت صفقة كهذه أبدًا.
حاول أن يبتسم لعبارتها، إلا أنه عجز حتى عن مجاملتها، وعقله يدرس الأمر مرة أخرى، ويتساءل عما يعنيه هذا اللغز!...
ولكن عقله لم يتوصل إلى جواب..
أي جواب.

☆☆☆

على الرغم من أن الرحلة بالطائرة لم تستغرق أكثر من ساعات محدودة، من (القاهرة) إلى (أسوان)، إلا أن الرحلة بالسيارة، من (أسوان) إلى تلك القرية النوبية، استغرق أضعاف هذا الوقت، حتى أن (قاسم) شعر بإرهاق شديد، وكاد يلعن تلك اللحظة، التي وافق فيها على هذا العمل، ولم يحتمل الاحتفاظ بشعوره هذا في أعماقه، فهتف محنقًا:
- متى نصل إلى القرية؟.. غدًا مساءً؟
ابتسم النوبي، وهو يجيب بأسلوبه الشديد التهذيب:
- بل سنصل بعد دقائق معدودة.. اطمئن.
ابتلع (قاسم) غضبه وحنقه، وعقد ساعدية أمام صدره، وهو يزفر في سخط، حتى لاحت أضواء القرية من بعيد، والسيارة تتجه نحوها. مع مغيب الشمس..
وارتفع حاجبا (قاسم) في دهشة، والسيارة تدلف إلى القرية.
لقد كانت واحدة من القرى القليلة، التي لم يدخلها التيار الكهربى بعد، والتي مازالت تعتمد في الإضاءة على المشاعل، والمصابيح الزيتية القديمة. وعلى الرغم من هذا، فقد كانت منازلها نظيفة، وطرقاتها شبه ممهدة، بأحجار تم صفها بعناية، كما انتشرت الأشجار والمزروعات في كل مكان، على نحو أضفى على المكان جمالًا وأناقة من طراز خاص..
وفي لهجة تحمل كل الفخر والزهو، قال النوبي:
- هذه قريتي.

لاحظ (قاسم) أن شباب القرية قد وقفوا أمام منازلهم على الجانبين، وكأنهم لجنة استقبال خاصة، لم ينبس أي من أفرادها ببنت شفة، والسيارة تمرق بينهم في سرعة، متجهةً إلى ساحة كبيرة، وقف فيها عدد من شيوخ ورجال القرية، على رأسهم شيخ وقور، هادئ الملامح، أشيب الشعر، ممتلئ الوجه، يرفل في جلباب ناصع البياض، ويشع من عينيه بريق واضح، يشف عن ذكاء بلا حدود..

وأمام ذلك الوقور مباشرة، توقفت السيارة، فأسرع (راضي) يغادرها، ويتجه نحو الشيخ، قائلًا في احترام شديد:

- لقد أحضرته يا حاج.

ابتسم الحاج ابتسامة هادئة عذبة، وهو يربت على كتفه، ثم التفت إلى (قاسم)، الذي غادر السيارة، وقال له في هدوء وقور:

- أهلًا بك بيننا يا ولدي.

شعر (قاسم) بمهابة الرجل تتسلّل إلى أعماقه، فتقدَّم منه يصافحه، قائلًا:

- أشكرك يا والدي.. أشكرك.

منحة الحاج نفس الابتسامة العذبة، وقال:

- هيا بنا.. أظنك في حاجة إلى قسط من الراحة، بعد رحلتك الطويلة..

قاده إلى منزله، مع عدد من رجال القرية، وسرعان ما امتدت موائد عامرة بالطعام والشراب، فأكل (قاسم) حتى ملأ معدته، وشرب حتى ارتوى، ثم جاءت أقداح الشاي، فراح يرتشف قدحه في بطء، وهو يسأل الحاج:

- قل يا حاج: ما تلك الآثار، التي تريدون رسمها بالضبط؟

صمت الرجال جميعًا، عندما ألقى سؤاله، وران على المكان صمت رهيب، حتى خُيل إليه أن عبارته حملت شيئًا من السباب أو الإهانة، فتمتم قاطعًا ذلك الصمت:

- هل أخطأت بسؤالي؟

ابتسم الحاج، وهو يجيب:

- مطلقًا يا ولدي.. مطلقًا.

اندفع أحد الرجال يقول شيئًا ما، بلغة النوبيين، التي لا يفهمها سواهم، وأضاف رجل آخر عبارة أو عبارتين إلى حديث زميله، فانعقد حاجبا

الحاج في صرامة، وزجرهما بعبارة حملت لهجة صارمة، قبل أن يلتفت إلى (قاسم)، قائلًا:

- هل تحب رؤية ما سترسمه الآن، أم أنك تفضل أن تحظى بقدر من النوم والراحة أولًا، ثم تراه في الصباح؟

تنهَّد (قاسم)، وهو يجيب:

- لست أعتقد أن الفضول سيمنحني دقيقة واحدة، أنعم خلالها بالنوم، لو انتظرنا حتى الصباح.

ابتسم الحاج، وهو يقول في رصانة:

- كنت أتوقع هذا.

ثم تلاشت ابتسامته، وهو يضيف في حزم:

- ولكن هذا الأمر سيجشمك بعض المشقة.

أجابه (قاسم) في حماس:

- أنا لها.

صمت الحاج بضع لحظات، ثم قال في رصانة حازمة:

- لا بأس.. سنذهب على بركة الله.

لم يكد ينطقها، حتى أخرج أحد الحاضرين من جيبه عصابة سوداء، واستعد ليخفي بها عيني (قاسم)، الذي هتف منزعجًا:

- ما هذا!؟!.. ماذا ستفعل يا رجل؟

أجابه الحاج:

- اطمئن يا ولدي.. إنه إجراء وقائي فحسب.. لا تقلق، ولكن من الضروري أن تعصب عينيك.. ثق بنا.

تردَّد (قاسم) لحظة، ثم سمح لهم بتعصيب عينيه، وبعدها تركهم يقودونه عبر دروب عجيبة، فتارة يصعدون، وتارة يهبطون، ويتسلقون الصخور مرة، ثم ينحدرون عليها مرة أخرى، ويسيرون على أرض ممهدة لبضع دقائق، ثم يمتلئ دربهم بعدها بالحصى والأحجار، حتى يصبح الانتقال من خطوة إلى أخرى أمرًا عسيرًا شاقًا..

ولثوان، جال بخاطر (قاسم) أنهم يصطحبونه إلى مكان ما للتخلص منه، ثم لم يلبث أن طرح الفكرة جانبًا، وهو يقنع نفسه بأنهم لم يكونوا في

حاجة إلى كل هذا، فلو قتلوه في أي مكان داخل قريتهم، لما شعر بهم مخلوق واحد..

وأخيرًا، انتهت الرحلة..

وفي هدوء، قال الحاج:

- وصلنا يا ولدي.. يمكنك رفع العصابة عن عينيك..

أزاح (قاسم) العصابة عن عينيه في لهفة، فبهره ضوء المشاعل التي يحملها الرجال للوهلة الأولى، ثم لم تلبث عيناه أن اعتادتا الضوء، فاتضحت له معالم المكان الذي يقف فيه..

وهنا اتسعت عيناه في انبهار كامل.

فقد كان ما يراه أمامه مدهشًا.

مدهشًا بحق.

☆☆☆

لغز الخال

لم تكن عقارب الساعة قد تجاوزت السابعة والنصف صباحًا بعد، عندما ظهرت سيارة عالم الآثار الأمريكي (جون براندون)، وهي تنطلق فوق رمال الصحراء، في طريقها إلى موقع التنقيب، على بعد كيلومترين فحسب من مدينة (أسوان)، ولم تمض دقائق معدودة، حتى توقفت سيارته (الجيب) عند موقع الحفر، وقفز هو منها في نشاط، على الرغم من سنوات عمره، التي تجاوزت الخامسة والخمسين بشهر وبضعة أيام، واتجه نحو العمال، الذين بدءوا عملهم مع مطلع الشمس كالمعتاد، تحاشيًا لارتفاع درجات الحرارة الشديدة، مع انتصاف النهار، وسأل رئيسهم في اهتمام بالغ:

- هل عثرتم على شيء ما اليوم؟

هزَّ رئيس العمال رأسه نفيًا، وهو يجيب بالإنجليزية:

- ليس بعد يا دكتور (براندون).. المصطبة الحجرية، التي عثرنا عليها أمس، لم تكن سوى مقبرة لم تكتمل، والدكتور (مهدي) قال: إنها لا تساوي شيئًا.

سأله (براندون) في اهتمام:

- ألم يكن عليها نقوش؟

عاد رئيس العمال يهز رأسه نفيًا، وهو يجيب:

- مطلقًا.

مطَّ الأمريكي شفتيه في ضيق، وزفر في توتر، وهو يدسّ كفيه في جيبي سرواله القصير، ويسير فوق الرمال شاردًا وعيناه تحدقان في اللامكان، حتى سمع صوت عالم الآثار المصري الدكتور (مهدي)، وهو يقول:

- صباح الخير يا دكتور (براندون).. معذرة لأنني لم أحضر لاستقبالك على الفور، فقد كنت منهمكًا في دراسة بعض الخرائط القديمة في خيمتي.

التفت إليه (براندون)، مغمغمًا في شرود:

- لا بأس.. لا بأس.

ثم سأله في اهتمام:

- ألم ترشدك تلك المصطبة الفرعونية، التي عثرنا عليها أمس، إلى أي شيء، يمكن أن يقودنا إلى نموذج مركب الشمس؟

هزَّ الدكتور (مهدي) رأسه نفيًا، وقال:

- إنها ليست مصطبة مكتملة، بل مجرد باب مقبرة لم يكتمل..

أنت تعرف أن هذه المنطقة كانت أحد المحاجر، التي اعتمد عليها قدماء المصريين، للحصول على أحجار المقابر والبناء.

وصمت لحظة، قبل أن يضيف في تردّد:

- ثم إنني لا أثق كثيرًا بوجود ذلك النموذج، الذي تتحدَّث عنه.

قال (براندون) في حدة:

- بل هو موجود.. أنا واثق من هذا.. ربما لا يكون هنا، ولكنه موجود حتمًا في مكان ما.

هزَّ الدكتور (مهدي) رأسه، قائلًا:

- لست أقصد وجوده هنا أو في مكان آخر، وإنما أعني وجوده على الإطلاق.. إنني لم أقرأ أو أسمع في حياتي عن نموذج لمركب من مراكب الشمس، مصنوع من الخشب والذهب، ومرصع بالأحجار الكريمة، وقاعدته عبارة عن صندوق مغلق، من وضع في رأسك أن مثل هذا الشيء موجود؟

هتف (براندون) في غضب:

- إنه موجود.. بردية (أحمس) تؤكد أنه موجود.

مطَّ الدكتور (مهدي) شفتيه، وهو يقول:

- حتى بردية (أحمس) هذه لم أسمع عن وجودها قط.

قال (براندون) في انفعال:

- ولكنني رأيتها بنفسي، في قسم الوثائق السرية، في المتحف البريطاني.. إنها واحدة من أكثر البرديات ندرة في العالم.. لقد أملاها (أحمس) بنفسه على كاتبه الخاص، ليصف فيها حادثة فريدة من نوعها، تقول: "إن مبعوثًا إلهيًا هبط من السماء، ومنح (أحمس) صندوقًا يحوى كل أسرار الكون، وشمسًا لا تنطفئ أبدًا." وبعدها مات. ووضع (أحمس) صندوق الأسرار والشمس الصغيرة في صندوق، يزين غطاءه نموذج لمركب من مراكب الشمس، مصنوع من الخشب والذهب، ومرصع بالأحجار

الكريمة، إشارة إلى أن ذلك المبعوث جاء من وراء الشمس، ورافقها في رحلتها من الشرق إلى الغرب، ثم أحضر قطعة منها إلى الأرض.

ابتسم الدكتور (مهدي)، وهو يقول:

- ألا تبدو لك القصة خيالية أكثر مما ينبغي؟!.. من الواضح أنها مجرد قصة رمزية، تشير إلى أن الآلهة كانت راضية عن انتصارات (أحمس)، وتبارك كل خطوة من خطواته، وليس من الضروري أن تكون الأحداث واقعية كما تتصوَّر.. ثم لماذا لم نجد أي أثر لهذه القصة، على جدران المعابد، أو المقابر، أو حتى في برديات أخرى؟

أجابه (براندون) في انفعال:

- لأنه كان من المحظور تداولها، طوال عهد الأسرة الثامنة عشرة، وبعدها نسيها الكل، ولم يعد هناك من يذكرها، أو يشير إليها، ولولا بردية (أحمس) لما شعرنا بوجودها.

هزَّ الدكتور (مهدي) رأسه بعدم اقتناع، وهو يقول:

- مازلت أعجز عن تصديق هذا أو الاقتناع به؛ فأنت تعلم أن القصة ذات المصدر الواحد لا يعتد بها كثيرًا في عالم التنقيب عن الآثار.

شدّ (براندون) قامته في عناء، وهو يقول:

- ولكن لدي ما يدعم قصتي.

سأله الدكتور (مهدي) في اهتمام:

- أخبرني به إذن.

أجابه في حزم:

- لست أوَّل من اطلع على بردية (أحمس)، وإنما طالعها منذ ما يزيد قليلا على الثلاثين عامًا، والدي وخالي، ولقد رفضها والدي، مثلما رفضتها أنت، ولكن خالي تحمَّس كثيرًا للفكرة، حتى أنه باع جزءًا كبيرًا من أملاكه في (انجلترا)، وجاء إلي هنا، وقضى ثلاثة أعوام في البحث والتنقيب، ثم فوجئنا به يبرق إلينا في (أمريكا)، مؤكدًا أنه عثر أخيرًا على صندوق الشمس، كما نطلق عليه، وأنه في طريقه إلى فحصه، وبعدها اختفى خالي لستة أشهر كاملة، ثم أبلغتنا السلطات أنه لقى مصرعه هنا، بالقرب من (أسوان).

انعقد حاجبا الدكتور (مهدي) في شدة، وهو يقول:

- وما الذي يمكن أن يثبته هذا؟.. ربما أوهم أحدهم خالك بأنه يعرف موضع صندوق الشمس، ثم خدعه، أو لجأ إلى قتله؟ ليستولي على أمواله.

قال (براندون) في حدة:

- من المستحيل أن يعلن خالي أنه عثر على صندوق الشمس، دون أن يكون واثقًا من قوله تمام الثقة.. لقد كان رجلًا بالغ الدقة، في كل ما يقوله أو يفعله.

تنهَّد الدكتور (مهدي)، وهو يقول:

- مازالت مجرَّد قرينة غير علمية.

بدا الغضب لحظات على وجه (براندون)، قبل أن يقول فجأة في حماس:

- وماذا عن الكوكب العاشر؟

ارتفع حاجبا الدكتور (مهدي)، وهو يردد في دهشة:

- الكوكب العاشر؟!..

أجابه الدكتور (براندون)، وحماسه يتزايد:

- نعم، فبردية (أحمس) تشير إلى أن مبعوث الآلهة حدد له الموقع الذي جاء منه، وقال: إنه يقع ما بين الكوكب الأحمر والكوكب الكبير، وأنه يحمل اسم (نيوتس)، وكل فلكي يعرف أن الكوكب الأحمر هو (المريخ)، أما الكوكب الكبير فهو (المشتري).

سأله الدكتور (مهدي) في تردد حذر:

- وما الذي يعنيه هذا؟

أجابه (براندون) في انفعال:

- يعني أن مبعوث الآلهة أخبر (أحمس) بموضع الكوكب العاشر، قبل نظرية الكويكبات بأكثر من ثلاثة آلاف عام.

تضاعف حذر الدكتور (مهدي) وتوتره، وهو يسأله:

- وما نظرية الكويكبات هذه؟

أجابه بحماس شديد:

- الكويكبات هي كواكب صغيرة، تقع مساراتها بين (المريخ) و(المشتري) وتتراوح أقطارها بين كيلومتر واحد و(٢٧٢) كيلو مترًا، والعلماء يعرفون منها ألفًا وخمسمائة كويكب، أشهرها (سيرس)

و(بالاس)، و(يونو)، ويعتقدون أنها تكونت نتيجة انفجار كوكب عاشر، كان مداره يقع بين (المريخ) و(المشتري).
بدا مزيج من التردُّد والحيرة على وجه الدكتور (مهدي)، وحاول لبضع لحظات أن يهضم نظرية الدكتور (براندون)، إلا أنه لم يلبث أن هزَّ رأسه، مغمغمًا في حذر:
- ينبغي أن أقرأ نظرية الكويكبات هذه أولًا.
ضم (براندون) شفتيه في غضب، قبل أن يقول:
- لا فائدة.
ثم اتجه نحو سيارته، وهو يلوح بيده، قائلًا:
- أنا عائد إلى (أسوان).. هل تصحبني؟
سأله (مهدي) في دهشة:
- وماذا ستفعل الآن في (أسوان)؟
قفز داخل السيارة، وأدار محركها، قبل أن يجيب:
- لدى موعد مع رئيس المدينة، لمعرفة ما أحاط بموت خالي، منذ ثلاثين عامًا تقريبًا.
هزَّ (مهدي) كتفيه، ومطَّ شفتيه، وهو يغمغم:
- سيدهشني أن تجد لديهم ما يفيدك، بعد كل هذه السنين!
لم يعلق (براندون)، وهو ينطلق بسيارته مبتعدًا، ومغمغمًا:
- لا فائدة.. لن يصدقني أحدهم قط، إلا لو عثرت على صندوق الشمس هذا.
قالها، وضغط دواسة الوقود، لتزداد سرعة السيارة أكثر وأكثر، وتثير خلفها عاصفة هوجاء من الرمال، لم ينتبه إليها، والأفكار في رأسه تغلي..
وتغلي..
وتغلي..

☆☆☆

لم تكن ليلة (قاسم عيسى) هادئة أو بسيطة أبدًا، ولم يستغرق في نوم عميق، كما كان من المفترض، بعد الرحلتين الشاقتين، اللتين قطعهما أمس..

لقد امتلأت ليلته بكوابيس لا حصر لها، رأى خلالها نفسه داخل مقبرة فرعونية قديمة، تمتلئ جدرانها بنقوش لشخص أخضر البشرة، أزرق الشعر، يقف وسط كرة من اللهب، يشع منها ضوء مبهر، يكاد يغشي الأبصار..

وكان يبذل قصارى جهده للخروج من المقبرة المغلقة..

ويصرخ..

ويصرخ..

ولكن صرخاته لم تتجاوز حلقه قط..

كان شيء ما يخنقها في أعماقه، ويمنعها من الانطلاق من بين شفتيه..

وفجأة، لم يعد ذلك الشخص الأخضر مجرَّد نقش على الجدار..

لقد خرج من صورته، وهبط على قدميه، وسط المقبرة القديمة..

وعندئذ تحولت النقوش إلى أشكال أخرى..

لقد أصبحت كلها عبارة عن نقش مكرر لـ (قاسم)، وهو يدق باب المقبرة بقبضتيه، في محاولة للفرار من كرة اللهب، التي يدفعها صاحب البشرة الخضراء نحوه..

وكما يحدث في النقش، اندفع (قاسم) نحو باب المقبرة، وراح يدقه بقبضتيه في ذعر، على أمل أن يسمعه أحد..

وكان لدقاته دوي هائل، يكاد يصم أذنيه، و...

«استيقظ يا ولدي..»

اخترق صوت الحاج أذنيه بغتة، فانتفض جسده في عنف، وهو يهبّ جالسًا على فراشه، ويحدّق في الوجه الأسمر الهادئ، قبل أن يطلق من أعمق أعماق صدره زفرة حارة، قائلًا:

ـ صباح الخير يا حاج.. معذرة، فقد كنت أعاني كابوسًا ثقيلًا.

أوما الحاج برأسه متفهمًا، وهو يقول في هدوء:

ـ كان هذا واضحًا في أنفاسك المتلاحقة، وتقلباتك العنيفة، ولهذا أيقظتك.

تنهَّد في عمق، وتطلَّع مرة ثانية إلى وجه الحاج، قبل أن يقول في توتر ملحوظ:
- هل تعلم!.. لثوان، كدت أتصوَّر أن كل ما حدث أمس، كان جزءًا من الكابوس.
ابتسم الحاج، قائلًا:
- الجزء الخاص بالمقبرة، والصندوق، ونموذج مركب الشمس كان حقيقيًا..
لم يكن لدى (قاسم) أدنى شك في هذا، ولكن حاجبيه انعقدا، وهو يقول:
- ذلك النموذج حقيقي.. أليس كذلك؟
أومأ الحاج برأسه إيجابًا، دون أن ينبس ببنت شفة، فازداد انعقاد حاجبي (قاسم)، وهو يقول:
- هل أبلغتم هيئة الآثار بشأنه؟
هزَّ الحاج رأسه نفيًا، وهو يجيب في هدوء:
- كلًا بالطبع.
سرى التوتر في جسد (قاسم)، وهو يقول:
- هل تعلمون أن هذا مخالف للقانون؟!.. إنكم تحتفظون بتحفة أثرية مدهشة، لا مثيل لها، حتى بين آثار (توت عنخ - آمون)، وطبقًا لقانون حماية الآثار، يعتبر هذا جريمة، و...
أشار إليه الحاج بيده، قائلًا بهدوئه المثير:
- مهلًا يا ولدي، لاتخلط بين العدل والقانون، فليس من الضرورة أن ينطوي القانون على العدل.
انعقد حاجبا (قاسم)، وهو يقول:
- وكيف هذا؟
أجابه الحاج في هدوء:

- القانون الإلهي وحده يحمل العدل المطلق، مع كل حرف من حروفه.
انعقد حاجبا (قاسم) في شدة، وهو يقول:
- ما الذي يعنيه هذا التلميح بالضبط؟
ارتسمت ابتسامة هادئة على شفتي الحاج، وهو يجيب:
- لا يعني شيئًا يا ولدي.. لا يعني شيئًا.
ران عليهما الصمت لحظات، وكل منهما يتطلَّع إلى عيني الآخر مباشرة، قبل أن يقول (قاسم)، في شيء من العصبية:
- أنتم تسعون لبيع هذا النموذج.. أليس كذلك؟
لم يجب الحاج، وهو يتطلَّع إليه في صمت، وابتسامته الهادئة لا تفارق شفتيه، فتابع (قاسم) في عصبية أكثر:
- لن أشارك في أي عمل مخالف للقانون.
قال الحاج بهدوئه المستفز:
- لم يطالبك أحد بأن تفعل.
قال في حدة، وهو يجذب تجارب الرسم، التي أجراها في الليلة السابقة، ويلوّح بها في وجهه:
- فيم تريدون هذه الرسوم إذن؟!.. أليست لعرضها على المشترين؟
صمت الحاج بضع لحظات، قبل أن يجيب في هدوء، يحمل الكثير من الحزم:
- هذا النموذج لدينا منذ ربع قرن يا ولدي، فما الذي منعنا من بيعه طوال هذه الفترة في رأيك؟!
حدَّق (قاسم) في وجهه مبهوتًا، وارتج عليه، فلم يستطع النطق بحرف واحد، فمال الحاج نحوه، وربت على ركبته، قائلًا:
- ثق بنا يا ولدي.. ثق بنا.
ونهض يغادر الحجرة، تاركًا (قاسم) خلفه، وفي أعماقه حيرة كبيرة.
حيرة بلا حدود..

☆☆☆

نهض رئيس مجلس مدينة (أسوان)، يصافح الدكتور (براندون) بابتسامة كبيرة، وهو يقول:

- مرحبًا يا دكتور.. أعتقد أننا توصلنا أخيرًا إلى بعض المعلومات، الخاصة بوفاة خالك (سام سيمونز).
سأله (براندون) في لهفة:
- هل عرفتم أين مات بالتحديد؟
أومأ رئيس مجلس المدينة برأسه إيجابًا، وقال:
- نعم.. لقد لقى مصرعه في قرية من قرى النوبة، بعد أن عثر عليه سكانها في حالة مزرية، ويبدو أنه ضل طريقه لفترة وسط الصحراء. أو الجبال المحيطة بهم، ولقد أبلغوا أقرب نقطة شرطة إليهم بالأمر، فأرسلت أحد الجنود، مع طبيب صحة المنطقة، ووضع الطبيب تقريرًا حول سبب الوفاة، ثم غادر المنطقة مع الجندي وجثة خالك، التي تم شحنها إلى أسرته في (إنجلترا).
سأله (براندون) في لهفة.
- وماذا عن متعلقاته؟
ألقى رئيس مجلس المدينة نظرة على الأوراق أمامه، قبل أن يجيب:
- كلها سلّمها الحاج (نافع)، كبير القرية، إلى رجل الشرطة، قبل أن يغادر القرية مع الجثة.
عقد (براندون) حاجبيه بضع لحظات، قبل أن يسأل في اهتمام:
- وأين يمكنني العثور على الحاج (نافع) هذا؟
ألقى رئيس مجلس المدينة نظرة أخرى على الأوراق، قبل أن يقول مبتسمًا:
- أخشى أن هذا لم يعد ممكنًا.
سأله (براندون) في شيء من الحدة:
- ولماذا؟!
أشار رئيس مجلس المدينة بيده، قائلًا:
- الرجل كان في الخامسة والثمانين من عمره، عندما مات خالك، منذ أكثر من ثلاثين عامًا، ولو أنه مازال على قيد الحياة، فهو الآن شيخ طاعن في السن، تجاوز مائة وخمسة عشر من الأعوام، ثم إن القرية كلها لم يعد لها وجود.
سأله في دهشة:

- كيف؟!
لوَّح رئيس مجلس المدينة بكفه، قائلًا:
- هل تذكر مشروع إنقاذ آثار معبد (أبو سنبل)؟.. أيامها كان المعبد مهددًا بالغرق، بسبب بحيرة (ناصر)، وغرقت أيضًا بعض قرى النوبة، فتم تهجير سكانها إلى قرى بديلة، ومازالت القرى القديمة غارقة تحت مياه البحيرة حتى الآن.
ازداد انعقاد حاجبى (براندون)، وغرق في تفكير عميق، ران خلاله صمت مطبق على الحجرة، قطعه رئيس مجلس المدينة يقوله:
- قل لي يا دكتور (براندون): لماذا انتظرت ما يزيد على ثلاثين عامًا، قبل أن تبدأ البحث عن أسباب موت خالك؟
تطلَّع إليه (براندون) لحظة في صمت، وعقله يستعيد الأسباب كشريط سينمائي سريع..
فعندما مات خاله، كان هو في الرابعة والعشرين من عمره، يدرس علم الآثار في إحدى جامعات (إنجلترا) العريقة، ولقد بلغه خبر وفاة خاله دون تفاصيل، وعندما عاد إلى الولايات المتحدة الأمريكية، وهو في السابعة العشرين من العمر، لم يبلغه والده بأي أمر يخص مصرع خاله، بل ولم يناقشا الأمر قط، طوال سنوات وسنوات..
وعندما بلغ الخامسة والأربعين، وفي أثناء زيارة خاصة المتحف البريطاني، أطلعه أمين المتحف سرًا على بردية (أحمس).
ومنذ ذلك الحين، انقلبت حياته رأسًا على عقب.
لقد كرَّس حياته كلها لإثبات صحة ما جاء في البردية النادرة المنفردة، والبحث عن ذلك النموذج المركب الشمس، الذي يرقد فوق أعظم أسرار الكواكب..
وعلى الرغم من دراساته التي لا تنتهي، وأبحاثه التى استغرقت عمره كله، حتى أنسته حياته الشخصية، لم يتوصل قط إلى أية نتائج، بخصوص النموذج أو الصندوق..
ثم توفي والده بأمراض الشيخوخة، عندما بلغ هو الرابعة والخمسين من عمره..

وعندما بدأ في فرز أوراق والده ومستنداته ووثائقه، عثر على برقية خاله والتى اصفرت وتهالكت، ولكنها لم تفقد كلماتها بعد..

وكاد يجن من فرط الانفعال والحماس..

إذن فالبردية صادقة..

والنموذج موجود..

موجود..

موجود..

وبكل لهفته وحماسه، باع (براندون) قدرًا كبيرًا من أملاكه، لتمويل حملة البحث عن النموذج في (مصر)..

ولأن البرقية كانت مرسلة من (أسوان) في (مصر)، فقد اتجه (براندون) مباشرة إليها، وراح يبحث، ويبحث، ويبحث..

حتى وصل إلى النقطة التي بلغها الآن..

عرف الموقع الذي لقى فيه خاله مصرعه..

وهو واثق أن لهذا الموقع دلالته..

واثق تمام الثقة..

«لماذا يا دكتور (براندون)؟..»

انتزعه تكرار سؤال رئيس مجلس المدينة من ذكرياته، فرفع عينيه إليه، قائلًا:

- عندما يبلغ المرء مثل عمري، تتبدل الرؤية أمامه كثيرًا، ويصبح أقل عملية، وأكثر عاطفية.

ابتسم رئيس المدينة، وهو يقول:

- هل تعني أن الأسباب العاطفية وحدها، وراء كل ما تفعله؟

أومأ (براندون) برأسه إيجابًا، وهو يقول في حزم:

- بالتأكيد.

ثم نهض يصافح رئيس مجلس المدينة، مستطردًا:

- وأشكرك على ما بذلته من أجلي.. أشكرك كثيرًا.

وغادر مجلس المدينة، وقد اختمرت في رأسه فكرة عجيبة. عجيبة للغاية..

☆ ☆ ☆

القرية الغارقة

اتسعت عينا الصحفية (ليلى) في دهشة عارمة، وهي تحدّق في وجه (قاسم)، في حجرة مكتب هذا الأخير في المجلة، قبل أن تهتف:
- إنها أعجب قصة سمعتها، في حياتي كلها؟!.. أأنت واثق من أن ذلك النموذج حقيقي؟!
تنهَّد، وهزَّ رأسه في توتر، قبل أن يجيب:
- لست خبيرًا بالآثار المصرية القديمة، إلا أننى واثق من أن المكان، الذي ذهبوا إليه، هو مقبرة فرعونية ملكية، فقد رأيت نقوشًا لخراطيش ملكية على جدرانها، ثم إن بها تابوتًا ملكيًا مغلقًا، ونقوشًا تصف رحلة صاحب المقبرة إلى الحياة الأخرى، ولكن...
بتر عبارته بغتة، وهو يهز رأسه مرة أخرى في حيرة، فسألته في فضول:
- ولكن ماذا؟!
تنهَّد مرة أخرى، قبل أن يجيب:
- رسم صاحب المقبرة لم يكن يشبه رسوم المصريين المعتادة!! بل هو شخص عجيب، صبغوا وجهه بلون أخضرة وشعره بلون أزرق. كما قرنوا كل رسومة بكرة من اللهب، بدت وكأنها تتبعه أينما ذهب.
انعقد حاجباها في اهتمام واضح، وهي تسأل:
- وما الذي يعني هذا في رأيك؟
- مطَّ شفتيه، وهزَّ كتفيه، قائلًا:
- ربما يعني أن صاحب المقبرة ليس مصريًا.
تراجعت هاتفة في حماسة:
- مستحيل!.. المصريون لن يدفنوا أجنبيًا في مقبرة ملكية مصرية!.. انت تعرف كم يقدسون الموت، وكم يضفون عليه هالات خاصة، لا يمكنهم منحها للأجانب قط.
قلب كفيه، قائلًا:
- ليس لدي تفسير آخر.
بدت عليها ملامح الاهتمام والتفكير العميق، وهي تدرس الأمر في رأسها مرات ومرات، ثم لم تلبث أن غمغمت:

- هذا الأمر يحتاج إلى رأي عالم آثار.

تطلَّع إليها، وهي تنطق الكلمة، وخفق قلبه في وله، وتمنى لو صارحها بحبه، في هذه اللحظة بالذات، وفاض به الوجد، فنهض من مقعده، قائلًا:

- (ليلى).. إنني..

ولكنها قاطعته فجأة باهتمام شديد:

- ولكنك نقلت برسومك كل شي.. أليس كذلك؟

أحبطته مقاطعتها، ولكنه أومأ برأس إيجابًا، وفرد اللوحات التي رسمها أمامه، وهو يجيب:

- نقلت النموذج والصندوق فحسب، ولكنهم لم يسمحوا لى برسم جدار المقبرة.

ضحكت، قائلة:

- كان ينبغي أن تخبرهم أنك ستفعل هذا دون أجر إضافي.

ابتسم لضحكتها، وهو يقول:

- بل كنت مستعدًا للتنازل عن أجري كله مقابل هذا.

سألته في اهتمام:

- بالمناسبة!.. هل أعطوك المبلغ المتفق عليه؟

أومأ برأسه إيجابًا، وقال:

- بالتمام والكمال.. بل والأهم أنهم لم يأخذوا الرسومات..

قالت في حيرة:

- عجبًا!

وأكمل هو بابتسامة عصبية:

- لقد أدهشني هذا أيضًا، ولكن رئيسهم طلب مني الاحتفاظ بها، لحين احتياجهم إليها، وربت على كتفي، وهو يؤكد لي أنني رسَّام، والرسَّام خير من يجيد الحفاظ على الرسومات.

هزَّت رأسها، قائلة:

- يا للغرابة!.. عندما حضر (راضي) النوبي إلى هنا، كان يتعجَّل الأمر بشدة، وعندما تنتهي أنت من وضع الرسوم، يتركونك تحتفظ بها بحجة واهية!

وصمتت لحظة، قبل أن تلتفت إليه، وتسأله في اهتمام:

- ما الذي يسعى إليه هؤلاء القوم بالضبط؟!
هزَّ رأسه، وقال في حيرة:
- من يدري؟!
قالت في شيء من الانفعال:
- ثم لماذا احتاجوا إلى رسَّام؟
انعقد حاجباه، وهو يسألها في دهشة:
- ماذا تعنين؟!
أجابته بنفس الانفعال:
- لو أنهم يسعون لتسجيل ما لديهم، كان من الأجدى أن يستعينوا بمصور فوتوجرافي.
ازداد انعقاد حاجبيه في شدة، وهو يعتدل بمقعده، قائلًا:
- هذا صحيح.. الصورة أكثر سرعة ودقة، ويمكنها تسجيل تفاصيل أكبر.
غرقت معه (ليلى) في تفكير عميق، قبل أن تقول في حزم:
- هؤلاء القوم لهم أهداف أخرى بخلاف الحصول على رسم جيد للنموذج.
أجابها في حسم:
- بالتأكيد.
سألته في اهتمام:
- كيف يمكننا معرفة ما يسعون إليه في رأيك؟
قال في حيرة:
- لست أدري.. الأمر كله محاط بغوض عجيب، و...
قاطعته، وهي تهتف فجأة:
- الرسم.
قال في دهشة:
- أي رسم؟!
أجابته في حماس:
- لقد تركوا لك رسم النموذج، ومن خلاله يمكننا فهم بعض الأمور.
اعتدل يواجهها، متسائلًا:

- وكيف هذا؟!

أشارت بسبَّابتها، قائلة:

- انشر الرسم في المجلة.

اتسعت عيناه في دهشة مستنكرة، وهو يهتف:

- أنشره!

قالت في حماس:

- نعم.. انشر الرسم في المجلة، إلى جوار مقال عادي عن الآثار المصرية القديمة، ولنر رد الفعل.

بدا عليه التردد، وهو يقول:

- ولكن هذا ليس من حقي.. إنه رسم خاص بهم قانونًا.

ضحكت، قائلة:

- وهل يمكنهم إقامة دعوى قضائية ضدك؟

صمت لحظات، وهو يدرس الأمر في رأسه من كل الوجوه..

ثم لم يلبث أن ابتسم، مغمغمًا:

- ولم لا؟!

فقد بدت له الفكرة جيدة..

جيدة جدًا.

☆ ☆ ☆

"قبل أن تبدأ، أحب أن أؤكد لك أن ما نفعله مخالف للقانون تمامًا يا دكتور (براندون)..."

نطق رجل في ملابس الغوص هذه العبارة في حزم، وهو يخوض في مياه بحيرة (ناصر) في حذر، وإلى جواره (براندون)، في زي غوص مماثل، فألقى هذا الأخير نظرة على ساعته، التي أشارت عقاربها إلى الواحدة صباحًا، قبل أن يقول في صرامة:

- فليكن.. لقد أنذرتني ثلاث مرات، وهذا يكفي بالنسبة لرجل يتمتع بقدر ما من الذكاء.. نعم.. أعلم أن هذا مخالف للقانون، ولكنني مصر عليه، وأعتقد أن المبلغ الذي نقدتك إياه يستحق المخاطرة.. أليس كذلك؟

مطَّ الغواص شفتيه، ووضع منظار الغوص على وجهه، وهو يقول:

- كنت أتأكد من أنك تعلم فحسب.
قالها، وغاص في مياه البحيرة.. وهو يحمل مصباحه الضخم فتبعه (براندون) بلا تردُّد، وغاص بدوره في البحيرة..
ولدقائق، واصل الاثنان رحلتهما نحو الأعماق، دون أن يتبادلا إشارة واحدة، ثم لم يلبث الغوَّاص المحترف أن أشار بيده إلى اليسار، وهو يدير مصباحه الضخم إلى حيث يشير، فظهرت في الأعماق أطلال منازل حجرية قديمة، اتخذتها أسراب الأسماك منازل لها، فتكدَّست داخلها، وراحت تدور حول جدرانها المتهالكة.
وعلى نحو مباشر، اتجه الإثنان إلى تلك الأطلال الغارقة مباشرة، وأشار (براندون) للغواص، يسأله عن القدر الذي يمكنهما البقاء خلاله في الأعماق، فأشار إليه الغوَّاص بأنه لن يزيد على ساعة واحدة، وهنا أومأ (براندون) برأسه متفهمًا، وراح يسبح حول الأطلال الغارقة، وكأنه يبحث عن شيء ما..
وعلى الرغم من أن الغواص لم يفهم بالضبط ما يسعى إليه (براندون)، إلا أنه تبعه دون مناقشة، وراحا يسبحان معًا في الأعماق، ويتفقدان الصخور المحيطة بالأطلال، حتي شارفت الساعة على الانتهاء، فأشار إليه الغواص، وبدأ الإثنان رحلة العودة إلى السطح..
ولم يكد الغوَّاص يلتقط أنفاسه، من الهواء الطبيعي النقي، حتى سأل (براندون) في اهتمام:
- هل عثرت على ما كنت تبحث عنه؟!
أجابه (براندون) في شيء من العصبية:
- كلَّا.
تلفت الغوَّاص حوله في قلق، قائلًا:
- هل تعتقد أنه من الحكمة أن تغوص ثانية؟!.. لقد حالفنا الحظ حتى الآن، ولم ينتبه أحد إلينا، لأننا اخترنا منطقة غير حيوية للغوص، ولكن لو...
قاطعه (براندون) في صرامة:
- لن نغوص ثانية.
اتسعت عينا الغوَّاص في دهشة، قائلًا:

- أتعني ليس الليلة؟
أجابه في حزم:
- بل لن نغوّص مرة ثانية قط.
ولم يفهم الغوّاص ما يعنيه هذا!..
مادام لم يعثر على بغيته، فلماذا يرفض الغوص للبحث عنه ثانية؟!..
ثم ما الذي كان يبحث عنه، حول تلك الأطلال القديمة الغارقة!..
حار في محاولة تفسير الأمر بضع لحظات، ثم لم يلبث أن هز رأسه، قائلًا لنفسه في أعماقه:
- وماذا يعنيني في هذا؟.. لقد حصلت على أجري كاملًا، وانتهى كل شيء بسلام، وليذهب الأمريكي وما يبحث عنه إلى الجحيم.
وأسعده أن عادا إلى الشاطئ في أمان، فاستبدل ثيابه، كما فعل (براندون)، وضمتهما سيارة هذا الأخير، وهما يبتعدان عن المنطقة، ويتجهان إلى المدينة، دون أن يتبادلا حرفًا واحدًا.
فقد كان الأمريكي غارقًا في لجَّة من الأفكار..
لقد فحص المنطقة المحيطة بالأطلال الغارقة، ولم يعثر على أية علامات تشير إلى وجود مقابر فرعونية، أو حتى كهوف جبلية في المكان..
فمن أين جاء خاله إذن، عندما وصل إلى تلك القرية منهارًا ضائعًا؟!..
ووصوله إلى هناك، بهذه الحالة السيئة، يعني أنه ضل طريقه في مكان بعيد نسبيًا، فلماذا لم يلجأ إلى أية قرية أخرى في الطريق، أو حتى إلى مركز الشرطة، الذي كان سيلتقي به حتمًا، وهو يتجه إلى القرية، من الطريق الرئيسي؟!..
ألا يعني هذا أنه لم يتخذ الطرق الرسمية أو الرئيسية؟!..
انعقد حاجبا (جون براندون) في شدة، وهو يعيد دراسة الأمر كله مرات ومرات، قبل أن يهتف فجأة، وهو يضغط فرامل السيارة بحركة غريزية:
- ربَّاه... هذا ما حدث بالتأكيد.
اندفع جسد الغواص إلى الأمام في عنف، بتأثير التوقف المباغت، وهتف في سخط:
- ماذا حدث؟!

لم يبد على (براندون) أنه سمعه، خلال الدقيقة التالية كلها، ثم لم يلبث أن قال في انفعال، وكأنه يتحدَّث مع نفسه:

- كيف لم أنتبه إلى هذا الأمر البسيط منذ البداية؟!.. إنه لم يتخذ الطريق الرئيسي أبدًا.

قال الغوَّاص في دهشة:

- لم يتخذ ماذا؟!

انعقد حاجبا (براندون) في صرامة، وهو يقول:

- لا عليك يا رجل، هذا الأمر لا يخصك.

وعاد يضغط دوَّاسة الوقود؛ لتواصل السيارة سيرها إلى المدينة، وعقله يسبح في أفكاره الجديدة..

الآن فقط، يمكنه تحديد منطقة البحث..

لقد عثر خاله على صندوق الشمس في منطقة ما، في قلب الصحراء وحزام الجبال، توازي نفس البقعة، التي كانت تحتلها القرية النوبية، قبل أن تغرقها مياه بحيرة (ناصر)..

السؤال الآن هو أين؟..

في أية منطقة من الصحراء بالتحديد؟!..

انشغل بالفكرة طوال الوقت، وحتى بعد أن وصل إلى فندق، في الثالثة صباحًا، فجلس يدرسها فوق خريطة كبيرة للمنطقة، ويضع علامات ترجيحية هنا وهناك، إلى أن أنهكه العمل والبحث، فالقى جسده المكدود فوق أقرب مقعد صادفه، و هو يسبل جفنية، متمتمًا:

- كم أحسدك على ما توصلت إليه يا خالي.

تثاءب في تهالك، وألقي نظرة على ساعته، التي أشارت عقار بها إلى السادسة والنصف صباحًا، قبل أن يتابع:

- يا لها من ليلة طويلة!

وترك جفناه يلتقيان، بعد أن عجز عن إبقائهما مفتوحين، فانطبقا في إرهاق، وراح في نوم عميق، وعقله مازال يحمل السؤال نفسه.

أين عثر خاله على صندوق الشمس؟!..

أين؟!..

☆☆☆

لم تكد السيارة تصل بالنوبي (راضي) إلى قريته، حتى قفز منها، وانطلق يعدو عبر شوارعها، وهو يلوّح بمجلة في يده، هاتفًا:

- يا حاج.. يا حاج.

توقف الحاج عما يفعله، ورفع عينيه إليه في تساؤل، (راضي) فواصل الجري حتى بلغه، ولهث في شدة، وهو يقول:

- انظر يا حاج.. (قاسم عيسى) نشر رسم النموذج في المجلة، التي يعمل بها.

التقط الحاج المجلة في هدوء، وأخرج منظاره من جيب جلبابه الناصع البياض، ووضعه على عينيه، وهو يتطلَّع في اهتمام إلى الرسم المنشور، قبل أن يهز رأسه، ويبتسم ابتسامة هادئة، فقال (راضي) لاهثًا:

- هل كنت تتوقع هذا يا حاج؟

أومأ الحاج برأسه إيجابًا، وهو ينزع منظاره عن عينيه، قائلًا بابتسامتة عذبة:

- بالتأكيد.

قال (راضي) في توتر شديد:

- ولكن هذا سيكشف سرنا يا حاج..

هزَّ الحاج رأسه نفيًا، وهو يقول:

- اطمئن.. إنه مجرَّد رسم.

تطلَّع إليه بنظرة تحمل عدم الفهم، فتابع الحاج في رصانة، وابتسامته لا تفارق شفتيه:

- لو أنها صورة فوتوجرافية، لكانت دليلًا حاسمًا على وجود النموذج، ثم إنها كانت ستنقل نقوش المقبرة أيضًا، مما يثير انتباه وحماس كل عالم ومهتم بالآثار، في العالم أجمع، أما الرسم، فهو أمر يمكن التشكيك فيه.

لم تختف نظرة عدم الفهم من عيني (راضي) تمامًا، فتابع الحاج بنفس الهدوء والرصانة، وهو يتطلَّع إلى عينية مباشرة:

- معظم من سيطالعون الرسم، سيتصورون أنه من خيال الرسام، الذي أضاف نموذجًا لمركب شمس، على قمة صندوق فرعونى قديم، والشخص الذي سيتوقف طويلًا عند الرسم، وينجذب إليه بشدة، ويسعي

سؤال الر كيفية وضعه، هو بالتأكيد شخص يدرك أن مثل هذا
النموذج م
ثم هز ر وقار، مضيفًا:
- وهذا ه ص الذي نحتاج إليه.
بدت الد لى وجه (راضي)، وهو يقول:
- أتعني ر الرسم يتفق مع ما نسعى إليه يا حاج.
أومأ الح رأسه إيجابًا، وهو يقول في حزم:
- بالتأك ولدي.. بالتأكيد.
وعاد ي ك في عمل..

☆☆☆

رفع عالم الآثار المصري الدكتور (مهدي) عينيه، عن المجلة التي يطالعها، ليتطلَّع في اهتمام إلى عاصفة الرمال، التي أثارتها سيارة الدكتور (براندون) (الجيب)، وهي تتجه بسرعتها المعتادة إلى موقع الحفر، وارتسمت على شفتيه ابتسامة كبيرة، عندما توقفت السيارة على مقربة منه ووثب منها الدكتور في نشاط، واتجه نحوه في خطوات واسعة فاستقبله، قائلًا:
- صباح الخير يا دكتور (براندون).. هل غلبك النوم اليوم، فلم تستيقظ مبكرًا كعادتك؟
صافحه (براندون) في شيء من التوتر، وهو يقول:
- نعم، فلم أنم جيدًا ليلة أمس.
ثم أشار إلى موقع الحفر، مستطردًا في حزم عصبي:
- أعتقد أننا أخطأنا اختيار هذا الموقع.
ارتفع حاجبا الدكتور (مهدي) في دهشة، وهو يقول:
- أخطأنا ماذا؟!.. ومن وضع في رأسك هذه الفكرة؟!.. إننا لم نحفر إلى العمق المناسب بعد، وربما لو...
قاطعه (براندون) بسرعة:
- كلَّا.. هذا لن يجدي.. لقد أخطأنا اختيار الموقع بالتأكيد..
انعقد حاجبا الدكتور (مهدي)، وهو يتطلَّع إليه، قائلًا:

- عجبًا!.. كنت شديد الحماس، في اختيار هذا المو... ، على ال...
من معارضتي لذلك.

قال (براندون) بنقاد صبر:

- كنت مخطئًا.

ثم انتزع من جيبه خريطة المنطقة، وفردها أمامهما، ...دًا:

- لقد راجعت حساباتي، ووجدت أنه كان ينبغي أن ننقب... في تلك البقعة، شمال بحيرة (ناصر).

استعادت ملامح الدكتور (مهدي) دهشتها، وهو يقول:

- يا له من موقع!.. لا أحد بحث عن الآثار هناك يا رجلمن زمن طويل.. من أين واتتك الفكرة!!.. ثم أية حسابات تلك التي راجعتها؟

أشار (براندون) إلى الموقع الذي اختاره في عصبية، وهو يقول.

- أؤكد لك أن هذا هو الموقع المناسب.

تطلّع إليه (مهدي) لحظات في صمت، ثم لم يلبث أن هز رأسه، قائلًا:

- لست أفهمك اليوم يا (براندون).. حقيقة لست أفهمك أبدًا.

صاح (براندون) في عصبية زائدة:

- افهم أو لا تفهم.. هذا شأنك.. المهم أن ننتقل إلى ذلك الموقع الجديد على الفور.

قفزت دهشة (مهدي) إلى ذروتها، مع هذا الانفعال العنيف، واقترب من (براندون) في قلق، قائلًا:

- ماذا أصابك يا رجل؟.. ألم تحصل على قدر كاف من النوم؟

صاح (براندون) في حدة:

- ليس هذا من شأنك أيضًا.. المهم أن نذهب إلى هناك، وأن ننقب، ونحفر، حتى نجد صندوق الشمس.. هذه هي الوسيلة الوحيدة لإثبات صحة بردية (أحمس).

رفع (مهدي) سبابته، قائلًا:

- بمناسبة الحديث عن صندوق الشمس هذا.. هل رأيت ذلك الرسم، الذي يزين موضوع (الآثار الخالدة)، في هذه المجلة؟

ناوله المجلة، وهو يشير إلى الرسم المنشور في نصف صفحة كاملة.

وانتفض جسد (براندون) كله في انفعال..

واتسعت عيناه عن آخرهما..

إنه هو..

هو بلا أدنى شك..

صندوق الشمس، الذي وصفه خاله..

نموذج لمركب من مراكب الشمس، قاعدته غطاء لصندوق كبير، تزينه نقوش تروي القصة كلها..

وعلى الرغم من أن النقوش لم تكن واضحة تمامًا، في الرسم المنشور، إلا أن قلب (براندون) راح يخفق بشدة، وهو يجرى فوقها بعينيه..

ها هو ذا مبعوث الآلهة..

وكرة اللهب..

والشمس التي لا تنطفئ أبدًا..

ثم هناك ذلك الرمز، الذي لا يعني شيئا محدودًا باللغة الهيروغليفية... (كال-دون)..

وفي حركة مباغتة، قبض (براندون) على المجلة بأصابعه في قوة، وانطلق يعدو نحو سيارته، وقفز داخلها، والدكتور (مهدي) يهتف خلفه في دهشة:

ـ انتظر يا رجل.. إنه مجرد رسم بسيط، من خيال رسَّام جامح.

ولكن (براندون) أدار محرك سيارته، وانطلق بها، مثيرًا عاصفة أخرى من الرمال..

وعاصفة أكثر ضخامة من الحيرة..

ومن الغموض.

☆ ☆ ☆

دعوة غامضة

«الأستاذ (قاسم عيسى) الرسام؟!..»

رفع (قاسم) عينية في دهشة إلى الرجل، الذي نطق العبارة بالأمريكية، وهو يقف عند باب حجرته، وتطلَّع إليه في اهتمام، وقد بدا له أشبه بأحد الرحالة الذين قرأ عنهم كثيرًا في شبابه، بلحيته وشاربة القصرين، وشعره الأشيب، والسروال القصير، وذلك المنظار الأنيق، والنظرة المفعمة باللهفة، المطلة من خلفه، فاعتدل مجيبًا:

- نعم.. أنا (قاسم عيسى).. هل من خدمة، يمكنني تقديمها لك؟

دلف الرجل إلى الحجرة في خفة، وأغلق بابها خلفه، وهو يقول:

- بالتأكيد.

ثم قطع المسافة من الباب إلى مكتب (قاسم) في خطوة كبيرة واسعة، قبل أن يضع أمامه نسخة المجلة، متسائلًا:

- أنت صاحب هذا الرسم.. أليس كذلك؟

أجابة (قاسم) في اقتضاب حذر:

- بلى.

سأله الرجل في لهفة شديدة:

- هل شاهدت ذلك النموذج بنفسك؟!

تردَّد (قاسم) لحظة، قبل أن يقول:

- لست مضطرًا لإجابة هذا السؤال.

صاح فيه (براندون) في غضب:

- بل أنت مضطر.

تراجع (قاسم) في فزع ودهشة، وحدَّق في وجه (براندون)، الذي تراجع في سرعة، مستدركًا في عصبية:

- أعني أنه من واجبك أن تفعل.

ظل (قاسم) يحدّق في وجهه لبضع لحظات أخرى، وقد خيل إليه أن الرجل مجنون أو مخبول، ثم لم يلبث أن اعتدل، وقال محاولًا التماسك:

- ليس من حقي أن أخبرك.

سأله في لهفة:

- ولماذا؟!
تردَّد (قاسم) لحظة أخرى، قبل أن يجيب:
- لابد أن أسأل أصحابه أولًا.
تراجع (براندون)، واتسعت عيناه عن آخرهما، وهو يهتف:
- أصحابه؟!..
ثم اندفع إلى الأمام ثانية بحركة حادة، أفزعت (قاسم)، قبل أن يستطرد في انفعال عنيف:
- إذن فقد رأيته بالفعل!
شعر (قاسم) بالحنق، من أسلوب الرجل، فلوح بكفه هاتفًا:
- كيف دخلت إلى هنا؟.. من سمح لك بالوصول إلى مكتبي؟.. ماذا أصاب طاقم الأمن هنا؟!
قالها، ويده تقفز إلى سماعة الهاتف، ولكن لم تكن أصابعه تحتويها، حتى أمسكتها يد (براندون) في قوة، وهذا الأخير يقول:
- مهلًا.. من الواضح أنك لا تفهم شيئًا.
تطلَّع إليه (قاسم) في عصبية، وهو يقول:
- اسمع يا رجل..
قاطعه (براندون) في سرعة، وهو يقدّم له جواز سفره:
- (براندون).. الدكتور (جون براندون)، خبير الآثار المصرية القديمة، والأستاذ بجامعة (جورج واشنطن) الأمريكية.
ارتفع حاجبا (قاسم) في دهشة، وهو يقول:
- خبير آثار مصرية قديمة؟!
وابتعدت يده عن سمَّاعة الهاتف، مستطردًا:
- لهذا إذن أثار الرسم اهتمامك.
أعاد (براندون) جواز سفره إلى جيبه، وهو يتخذ مقعدًا أمام مكتب (قاسم)، ويقول في حماس:
- ليس لأنني خبير آثار فحسب، ولكنني قضيت السنوات العشر الأخيرة تقريبًا في البحث عن ذلك النموذج بالذات.
هتف (قاسم):
- حقًا؟

أومأ (براندون) برأسة إيجابًا، و ازدرد لعابه، قائلًا:
- عندما شاهدت الرسم في المجلة، أدركت على الفور أنه ليس نتاج خيال فنان، وإنما هو نقل أمين لنموذج شاهده بعينيه، ولهذا أتيت إليك على الفور؛ لأسألك أين ومتى رأيت هذا النموذج؟
هزَّ (قاسم) رأسه، قائلًا:
- لست أعتقد أنه من حقي أن أخبرك.
توتر (براندون) في شدة، وهو يقول:
- اسمع.. سأمنحك عشرة آلاف دولار.
فغر (قاسم) فاه في دهشة، مع. ضخامة المبلغ، وغمغم:
- عشرة آلاف دولار؟!
هتف (براندون) في انفعال:
- سارفع المبلغ إلى خمسة عشر ألفًا.. بل عشرين ألف دولار، مقابل معرفة مكان ذلك النموذج.
هزَّ (قاسم) رأسه، وهو يتنهد في أسف، قائلًا:
- المبلغ كفيل بإدارة الرأس بالفعل، ولكني أجهل للأسف أين ذلك النموذج.
اتسعت عينا (براندون) في ارتياع، وهو يهتف:
- ولكنك قلت: إنك رأيته بنفسك؟!
أجابه (قاسم):
- هذا صحيح.. لقد رأيته بنفسي أربع مرات، ورأيت المقبرة التي تضمة، والتي تحمل جدرانها أعجب نقوش فرعونية رأيتها في حياتي كلها، وذلك التابوت الملكي، ولكنني أجهل تمامًا أين يوجد كل هذا.
سأل لعاب (براندون) لما سمعه، وودّ لو انقضّ على (قاسم)، وانتزع منه السر انتزاعًا، ولكنه بذل طاقة خرافية السيطرة على أعصابه، وهو يقول له:
- صف لي المكان، وسأجده أنا بوسائلي.
هزَّ (قاسم) رأسه في أسف، وهو يقول:
- لقد ذهبت إليه معصوب العينين.
ارتد (براندون) كالمصعوق، هاتفًا:

- معصوب العينين؟

ثم ارتجف جسده كله من فرط الانفعال، وانتقلت الارتجافة إلى شفتيه وصوته، وهو يقول:

- مستر (قاسم).. أعتقد أنه من واجبك أن تقص على القصة كلها، فأنا في ذروة اللهفة لسماعها.

تردَّد (قاسم) لدقيقة كاملة، قبل أن يحسم أمره، قائلًا:

- فليكن.. إنني أحتاج إلى من يشرح لي ما عجزت عن فهمه.

ثم رفع عينيه إلى (براندون)، مستطردًا في حزم:

- سأقص عليك القصة كلها يا دكتور (براندون).

ارتفع فجأة صوت أنثوي يقول:

- أية قصة؟

التفت (قاسم) إلى مصدر الصوت في سرعة، ثم انعقد حاجباه في توتر شديد..

فهناك.. عند باب الحجرة، كانت تقف (ليلى)، وإلى جوارها آخر شخص يرغب في رؤيته، في الوقت الحالي..

(راضي)..

النوبي (راضي صديق)..

☆ ☆ ☆

جلس الدكتور (مهدي) لنصف ساعة كاملة، يتطلَّع إلى رسم نموذج مركب الشمس، في نسخة جديدة من المجلة، قبل أن يهز رأسه، ويغمغم في شيء من عدم الارتياح:

- غير معقول!

ثم نهض إلى مكتبه، والتقط عدسته المكبرة، وعاد يستخدمها في فحص الرسم..

ومع التكبير، بدت النقوش أكثر وضوحًا..

وتضاعفت دهشة الدكتور (مهدي) وحيرته..

لقد كانت لغة هيروغليفية سليمة، يعود أسلوبها إلى عهد الأسرة الثامنة عشرة، وتروي نفس القصة التي أشار إليها الدكتور (براندون)..

أو جزءًا منها على الأقل..
فمن الواضح أن القصة نقشت على جدران الصندوق الأربعة، والرسم لا يحوي سوي جانب واحد منها..
ولكن دقة هذا الجانب تؤكد أن الرسم ليس وحيًا من خيال الفنان..
إنه شيء رآه، وتأثر به، وتفاعل معه..
ورسمه..
شيء رآه رأي العين..
ومرة أخرى انعقد حاجبا الدكتور (مهدي)، وتراجع بظهره إلى مسند مقعده، وهو يغمغم:
- إذن فقد كان (براندون) على حق.. بردية (أحمس) ليست محض خيال.. صندوق الشمس حقيقة واقعة.
استعاد ذهنه حديث (براندون) حول الصندوق ومحتوياته، وعلاقته بالكوكب العاشر الذي كان يدور يومًا في مجموعتنا الشمسية، ثم انفجر، ولم يتبق منه سوى عدد من الكويكبات والنيازك..
ثم عاد يهز رأسه في عنف، قائلًا:
- صعب.. صعب..
كان هناك صراع عنيف يدور في أعماقه، ما بين تصديق ما يصر عليه (براندون)، وما يوحي به الرسم، ورفض عقله لفكرة قدوم كائن من كوكب آخر، لزيارة ملك (مصر)، وتسليمه أسرارًا رهيبة..
فالفكرة – بالنسبة إليه – تبدو أشبه بروايات الخيال العلمي..
تلك الروايات التي لم ولن يلقي نظرة واحدة عليها، في حياته كلها..
لإنه لا يقتنع بما فيها..
بل ولا يجد مبررًا واحدًا لكتابتها أو قراءتها..
لا يوجد في العالم خيال جامح..
توجد فقط حقائق..
حقائق مجرَّدة..
ولكن حتى فكرته هذه اصطدمت بجدار صلب..
من قال: إن العالم يخلو من الخيال؟!..
أعظم المخترعات بدأت بخيال عالم...

بفكرة..
بنظرية..
ثم تطوَّر الخيال، وتجسَّد، ليضع حقائق مازالت تملأ حياتنا في كل لحظة..
الكهرباء كانت خيالًا..
والمصابيح...
والأسلحة..
وحتى السفر عبر الفضاء، بدأ كخيال، وانتهى كحقيقة لا تقبل الجدل..
ومرة أخرى، عاد الصراع يحتدم في عقله، وعجز عن الاسترخاء في مقعده، فنهض في حركة حادة، واتجه إلى مكتبته، وأدار عينيه في صفوف الكتب المتراصة فيها، وعناوينها المختلفة، قبل أن يغمغم:
- من يدري؟!.. ربما يحتاج الأمر مني إلى مزيد من الدراسة والبحث..
من يدري؟!
نعم يا دكتور (مهدي)..
من يدري؟!..

☆☆☆

توتر الدكتور (براندون) في شدة، وانقلبت سحنته على نحو عجيب، حتى بدا أشبه بوحش غاضب، عندما دلفت (ليلى) والنوبي إلى مكتب (قاسم)، وهذه الأخيرة تقول بابتسامتها الساحرة:
- هل أزعجناكما؟
لم يفهم (براندون) عبارتها، التي نطقتها بالعربية، ولكنه رمقها بنظرة غاضبة شرسة، تلاشت لها ضحكتها، وحل محلها شيء من الخوف، وهي تقول:
- ماذا هناك؟
نهض (قاسم) يستقبلها في سرعة، وهو يقول بالإنجليزية:
- لا شيء.. إنه الدكتور (براندون).. خبير آثار أمريكي يرغب في نشر مقال حول الآثار المصرية القديمة.

قالها، وهو يرمي (براندون) بنظرة سريعة، استوعبها هذا الأخير على الفور، وإن لم يرق له مغزاها، فازداد انعقاد حاجبيه، في حين صافح (قاسم) (راضي)، وهو يقول:

- مرحبًا يا أستاذ (راضي).. متى وصلت إلى (القاهرة)؟

أجابه النوبي بلهجته الشديدة التهذيب كالمعتاد:

- الآن فقط يا أستاذ (قاسم).. لقد أتيت من المطار إلى هنا مباشرة..

قال (قاسم) في حرارة مبالغة:

- حمدًا لله على سلامتك يا أستاذ (راضي).. تفضل.. سأتفرغ لك بعد قليل.. تفضلي يا (ليلى).

جلست (ليلى) والحيرة تملأ نفسها، وعيناها لا تفارقان وجه (براندون)، الذي بدا شديد الحنق والغضب، و(قاسم) يلتفت إليه، قائلًا:

- معذرة يا دكتور (براندون).. هل يمكننا استكمال حديثنا فيما بعد؟

رمقه (براندون) بنظرة شديدة التوتر، قبل أن يغمغم:

- لا بأس.. أنا أقيم في فندق (هيلتون النيل)، في الحجرة رقم (٦٦٦).. سأنتظر محادثتك على أحر من الجمر.

ثم ألقى نظرة شرشة على (ليلى) و(راضي)، وتوقف لحظة عند وجه هذا الأخير، قبل أن يسأله بالإنجليزية في اهتمام:

- أنت نوبي.. أليس كذلك؟

أومأ (راضي) برأسه إيجابًا، وهو يقول:

- بلى يا سيدي.

هز (براندون) رأسه دلالة الفهم، و غمغم:

- كنت أتوقع هذا.

ثم رمق (قاسم) بنظرة أخرى، قبل أن يغادر حجرة مكتبه.

ولم يكد (براندون) يغلق الباب خلفه، حتى التفتت (ليلى) إلى (قاسم)، تسأله في انفعال:

- من هذا الرجل؟!

لوَّح بكفه، و هو يتنهَّد، مجيبًا:

- قلت لك: إنه خبير آثار أمريكي.

انعقد حاجباها، وهي تقول:

- عجبا!.. يبدو لي كرجل عصابات أمريكي.
مطَّ (قاسم) شفتيه، وهز كتفيه وهو يقول:
- لا تحكمي على الناس من مظهرهم.
ثم التفت إلى (راضي)، مستطردًا في سرعة، وكأنه يحول بينها وبين الخوض في أمر (براندون) هذا:
- قل لي يا أستاذ (راضي): هل تحتاجون إلى رسومات أخرى؟!
هزَّ (راضي) رأسه نفيًا في هدوء، وقال:
- كلَّا يا أستاذ (قاسم).. أشكرك.. الرسومات الأولى كانت جيدة بما يكفي.
سأله (قاسم) في توتر:
- لماذا لم تحتفظوا بها إذن؟
تجاهل (راضي) السؤال تمامًا، وهو يميل نحوه، قائلًا:
- الحاج يرغب في مقابلتك.
تراجع (قاسم) في دهشة، مغمغمًا:
- الحاج ماذا؟!
ومرة أخرى، تجاهل (راضي) السؤال، وأخرج من جيبه تذكرتي سفر، وهو يقول:
- لقد حجزت لنا تذكرتي سفر، في الطائرة المسافرة إلى (أسوان)، بعد ساعتين من الآن.
هتفت (ليلى) في دهشة:
- بعد ساعتين!
وانعقد حاجبا (قاسم) في شدة، وهو يقول في عصبية:
- من يظن نفسه ذلك الحاج؟!.. هل يعتقد أنه صار قائدًا حربيًا، وكلنا جنود في جيشه، حتى يأمر فيطاع؟!.. هل يكفي أن يشير إلى بسبابته، قائلًا: احضر يا (قاسم)، فأهرع إليه على الفور؟!
ارتفع حاجبا (راضي) في دهشة، وهتف:
- معاذ الله أن يفكر الحاج بهذا الأسلوب يا أستاذ (قاسم).. إنه لا يفعل هذا معنا، وهو كبيرنا، وله علينا حق الطاعة، فكيف يفعله مع صديق مثلك.
تراجع (قاسم) مع كلمات (راضي)، الذي تابع في تأثر:

- الحاج لم يرسلني لآمرك بالحضور، وإنما أرجوك أن تذهب لمقابلته، باعتبار أنك صرت صديقًا لقومنا، يمكننا اللجوء إليه وقت الحاجة..

ثم دسّ يده في جيبه، مستطردًا:

- ولو أنك تطلب مقابلًا ماليًا لهذا، فقد خولني الحاج الحق في...

قاطعه (قاسم) في حزم:

- كفى يا أستاذ (راضي).

كان رد النوبي منطقيًا مفحمًا، حتى أن (قاسم) شعر بحرج شديد في أعماقه، وهو يتابع:

- هل تسمح بالانتظار في الخارج لبضع دقائق؟.. أريد التحدث مع (ليلى) وحدنا.

أدار (راضي) عينيه في وجهيهما، ثم نهض، قائلًا:

- بالطبع يا أستاذ (قاسم).. بالطبع.

تابعته (ليلى) ببصرها، وهو يغادر الحجرة، ويغلق بابها خلفه في رفق وحرص، ثم التفتت إلى (قاسم)، تسأله في حيرة:

- لماذا طلبت منه الخروج؟

سألها في اهتمام:

- ما رأيك في هذا الأمر؟

قالت في اهتمام:

- أتقصد السفر ومقابلة الحاج!؟

أومأ برأسه إيجابًا، فمطت شفتيها، قائلة:

- أعتقد أنك مضطر لهذا.

ارتفع حاجباه في دهشة، وهو يقول:

- مضطر؟!

أجابت في حماس:

- بالطبع.. الواجب يحتم عليك أن تفعل.. لقد زرتهم من قبل، وأكرموا وفادتك، وأحسنوا ضيافتك كما أخبرتني، وكانوا يتعاملون معك طوال الوقت كما لو كنت واحدًا منهم، واليوم يقولون إنهم يحتاجون إليك، فكيف يمكنك الرفض؟!

تراجع في مقعده، و هو يتأملها في اهتمام، ثم عقد ساعديه أمام صدره، وسألها:
- وماذا عن المقابل المادي؟
انعقد حاجباها، وهي تجيب:
- لا يمكنك المطالبة بقرش واحد بالطبع.
سألها في اهتمام:
- ولكنك كنت شديدة الحماس في المرة السابقة، عندما عرضوا علي خمسين ألف جنيه.
أجابته في حزم:
- الخمسون ألف جنيه كانت أجرًا لعمل تقوم به، أما في هذه المرة، فمن العار أن يتقاضى الصديق أي مقابل، لقاء خدمة يقدمها لصديقه.
ران عليهما الصمت بضع لحظات، بعد عبارتها الأخيرة، ثم لم يلبث (قاسم) أن ابتسم ابتسامة حانية، وهو يغمغم:
- هذا ما توقعته منك بالضبط.
ثم مال نحوها بحركة مباغتة، مستطردًا:
- (ليلى).. هل تتزوجينني؟!
اتسعت عيناها في دهشة، وتخضب وجهها بحمرة الخجل، وهي تغمغم:
- أتزوجَّك؟!
قال بسرعة، وكأنما يخشى أن يفقد شجاعته، لو توقف لحظة واحدة:
- نعم يا (ليلى).. أنا أحبك منذ فترة طويلة، وأتمنى أن تصبحي زوجتي.. ما رأيك؟
تضاعفت حمرة الخجل في وجهها، وارتبكت ابتسامتها على شفتيها، وانخفض بصرها إلى ما بين قدميها، قبل أن تنهض قائلة في اضطراب:
- سنناقش هذا بعد عودتك.
قالتها، وأسرعت إلى الباب، فهب من مقعده، يسألها في لهفة:
- هل أعتبر هذا رفضًا أم قبولًا؟
التفتت إليه، وأضاء وجهها كله بابتسامة عذبة، تفيض بالخجل والحياء، وهي تقول:
- ستعرف بعد عودتك.

وتهلَّلت أساريره، وهي تعدو مبتعدة في خجل، ورقص قلبه طربًا، وهو يهتف:

- أستاذ (راضي).

أطلَّ (راضي) بوجهة من الباب المفتوح، وعيناه تحملان تساؤلًا، فتابع (قاسم) في حماس:

- أما زلت تحتفظ بالتذكرتين؟

وتهلَّلت أسارير (راضي) بدوره..

☆ ☆ ☆

«لقد وصلنا تقريبًا..»

نطق (راضي) الكلمة، وفي صوت أقرب إلى الهمس، ففتح (قاسم) عينيه، واعتدل على مقعده، داخل السيارة القديمة، التي تنقلهما إلى القرية، وفرك عينيه الناعستين، مغمغمًا:

- يبدو أنني استغرقت في النوم قليلًا.

ابتسم (راضي) ابتسامة مشفقة، وهو يقول:

- إنك مستغرق في النوم، منذ ركبنا السيارة.

تمتم (قاسم) في إرهاق:

- حقًا!؟

قالها، وهو يتطلَّع إلى القرية، التي بدت مهيبة، مع غروب الشمس، الذي يلقى فيها مئات الظلال، التي انفردت فوق طرقها الممهدة، والسيارة تتهادي فوقها في خفة، جعلت (قاسم) يقول:

- كيف مهدتم هذه الطرق ابتسم (راضي)، مجيبًا:

- إنها فكرة من ابتكار الحاج.. لقد سوينا الأرض بالواح خشبية كبيرة تجرها الدواب، ثم غمرناها بأحجار صغيرة، من الجبال المحيطة، وتركنا للسيارات الزائرة مهمة تمهيد الطرق.

هزَّ (قاسم) رأسه، قائلًا:

- من الواضح أن الحاج بالغ الذكاء في هذا الشأن.

أومأ (راضي) برأسه موافقًا، وهو يقول:

- هذا ليس ابتكاره الوحيد، فقد صنع خزانات ضخمة، لاحتواء مياه الأمطار، واستخدامها في الشرب والطهي، وأمد منازلنا بشبكة من الأنابيب المطاطية، التي تنقل إلينا الماء وقتما تريد.

سأله (قاسم) في دهشة:

- ألم تمتد إليكم مشاريع توصيل المياه الحكومية؟!

ارتسمت على شفتي (راضي) ابتسامة حزينة، وهو يقول:

- الحكومة نقلتنا من قريتنا إلى هنا، ثم نسيت أمرنا تمامًا، فلم تدرج قريتنا ضمن مشاريع الكهرباء أو المياه، أو حتى الوحدات الصحية والاجتماعية.

قال (قاسم) في حماس:

- اطمئن يا صديقي.. لن يدوم هذا إلى الأبد.. سأتبنى قضية قريتكم، وسأبلغ الأمر المسؤولين، من خلال المجلة، و...

قاطعة السائق بغتة، وهو يتحدَّث مع (راضي) باللغة النوبية، فألقى هذا الأخير نظرة على المرآة الجانبية للسيارة، قبل أن يربت على كتف السائق، ويجيبه باللغة نفسها، ثم يعود إلى (قاسم)، الذي سأله في قلق:

- ماذا هناك؟

ابتسم (راضي)، قائلًا:

- لا شيء يا أستاذ (قاسم).. اطمئن.

لم يرتح (قاسم) للجواب، وأيقن من حدوث أمر ما، يخفيه عنه (راضي) والسائق، ولكن قبل أن ينشغل بالتفكير في هذا، لاحت له ساحة القرية، التي يقف فيها كبارها كالمعتاد، وعلى رأسهم الحاج، بابتسامته العذبة المشرقة، فهتف في حماس:

- ها هو ذا الحاج.

ابتسم (راضي) لحماسه، ولاذ بصمت مطبق، حتى توقفت السيارة أمام الحاج، الذي استقبل (قاسم) بابتسامة كبيرة، قائلًا وهو يصافحة في حرارة:

- مرحبًا بالصديق.

مال (راضي) على الحاج، وتحدث معه قليلًا باللغة النوبية، فهزَّ الحاج رأسه، وهو يقول بالعربية:

- لا بأس.. لا بأس.. كل شيء على ما يرام.

ثم وضع يده على كتف (قاسم)، قائلًا:

- تعال أيها الصديق، فلدي ما أتحدَّث به معك.

سار (قاسم) إلى جواره صامتًا، حتى ضمتهما حجرة في منزل الحاج، وتناول الإثنان طعامهما، وهما يديران حديثًا وديًا، ثم جاءت أكواب الشاي، فارتشف الحاج رشفة من كوبه، وهو يتطلَّع إلى (قاسم)، وقال:

- أظنك تتساءل: لماذا طلبت منك الحضور إلى هنا ثانية؟

أومأ (قاسم) برأسه إيجابًا، و هو يرتشف الشاي بدوره، فهز الحاج رأسه، وقال:

- من حقك أن تفعل.. لقد أديت عملك، الذي أثار ولا ريب الكثير من الحيرة والشكوك في نفسك، وجعلك تتساءل عن سر احتفاظنا بذلك الأثر الفرعوني القديم، وعن سبب طلبنا الرسومات، وتركها لديك بعد الانتهاء منها..

ثم تنهَّد، مستطردًا:

- ولقد ناقشنا الأمر، ووجدنا أنك، كصديق، تستحق أن تشاركنا سرنا.

ومال نحوه، مضيفًا في حزم:

- والآن، سأروي لكن سر الصندوق.. صندوق الشمس.

وكانت مفاجأة ل(قاسم)..

مفاجأة مدهشة.

مقبرة الشمس

حدَّق (قاسم) طويلًا في وجه الحاج، الذي تراجع في هدوء، وهو يلتقط نفسًا عميقًا، ويقول في هدوء:

- منذ ما يزيد قليلًا على ثلاثين عامًا، وبالتحديد في شتاء عام ١٩٥٩م، لم تكن قريتنا في هذا المكان، وإنما كانت تحتل منطقة أخرى، لم يعد لها وجود الآن، وإنما اختفت تمامًا تحت ما يعرف اليوم ببحيرة (ناصر).. المهم أنه ذات يوم، في ذلك التاريخ، فوجئت القرية بغريب يفد إليها، في حالة مزرية، ويسقط بين ذراعي كبيرها، وهو يحتضر.. وكعادتنا، أولينا الرجل جلّ اهتمامنا، وحاولنا إنقاذه وإسعافه، إلا أنه لفظ أنفاسه الأخيرة، بعد أن سلمنا رقعة من الجلد، تحوي خريطة ما، وإحداثيات لم نفهمها آنذاك، وبعد أن أشار إلى أنه رأى الشمس تشرق داخل صندوق قديم..

وصمت لحظة ليلتقط أنفاسه، قبل أن يتابع:

- ولسبب ما، احتفظنا بالخريطة المرسومة على الرقعة الجلدية، وسلمنا باقي متعلقاته للشرطة، و..

بتر عبارته بغتة، وكأنما يبحث عن كلمات مناسبة، أو يستشير عقله فيما ينبغي الإفصاح عنه، قبل أن يقول:

- وبوساطة الخريطة، وبعد بحث ودراسة استغرقا ثلاث سنوات كاملة، عثرنا على المقبرة، التي تضم صندوق الشمس.

قال (قاسم) في انفعال:

- ولكنكم لم تبلغوا المسؤولين.

هزَّ الحاج كتفيه، وقال:

- كان في نيتنا أن نفعل، لولا ما حدث.

سأله (قاسم) في لهفة:

- وماذا حدث؟!

أجابه الحاج:

- عندما وصلنا إلى المقبرة، كان الصندوق مفتوحًا، ولدينا قناعة بأن ذلك الغريب هو الذي فتحه، فقد كان هناك مصباح ما داخله، يشع ضوءًا مبهرًا، حتى ليكاد يشبة ما وصفه ذلك الغريب، بقوله: إنه شاهد الشمس تشرق داخل الصندوق، وكانت المقبرة كلها مضاءة بذلك الضوء المبهر،

حتى لم تعد هناك قيمة لمشاعلنا، وجعلني المشهد، مبهورًا مشدوهًا، حتى أنني اتجهت إلى الصندوق كالمسحور، ومددت يدي أمسك ذلك المصباح، و..

انتقض جسده كله في عنف، وهو يستعيد تلك الذكرى، وارتجفت شفتاه، وضاقت حدقتاه في انفعال، حتى خيل لـ (قاسم) أنها أعنف ذكرى في حياة الحاج كلها، فتمتم فى فضول مغموس في اللهفة:

- وماذا يا حاج؟

لوَّح الحاج بيده، وزاغت عيناه، وهو يقول:

- أصابني ما يشبه الصاعقة، وسرت في جسدى طاقة هائلة، فلم أذكر سوى أنني أطلقت صرخة هائلة عظيمة، ثم أفقت بعدها لأجد نفسى راقدًا في منزلي، وحولي زوجتي وأبنائي، وعدد من كبار القرية، يتطلعون إلى في هلع وإشفاق..

و ازدرد لعابة ثانية، وهو يهز رأسه، وكأنما ينفض عنها الجزء المؤلم من الذكريات، قبل أن يتابع:

- لم أنتبه إلى أية تغيرات في جسدي يومئذ، ولا في الأيام التالية، ولكنني لاحظت أن التميمة المصنوعة من الرصاص، والتي كنت أحملها دائمًا في جيبي، قد تحولت إلى قطعة من الذهب.

اتسعت عينا (قاسم)، وهو يهتف:

- آه.. حلم الكيميائيين القديم!.. تحويل الرصاص إلى ذهب.

أومأ الحاج برأسه إيجابًا، وهو يقول:

- نعم.. الطاقة التي تضيء ذلك المصباح الأبدي، كانت لديها القدرة على تحويل الرصاص إلى ذهب، ولكن بكميات محدودة، ولفترات محدودة من العام.

وتنهَّد مرة أخرى، قبل أن يتابع:

- وعندما درسنا الموقف، وقررنا الحفاظ على سر صندوق الشمس، واستخدام قدرته المدهشة على تحويل الرصاص إلى ذهب، في تمويل مشروعات تطوير قريتنا، فوجئنا بقرار تهجيرنا إلى قرية بديلة، لأن قريتنا ستغرق تحت مياه النيل، بعد تحويل مجراه، وإنشاء بحيرة (ناصر) الصناعية..

ارتفع حاجبا (قاسم) في تأثر، وهو يقول:
- يا للخسارة!
أطل الأسف من عيني الحاج، وهو يقول:
- وبالفعل، تم تهجيرنا إلى قرية بديلة، وغرقت قريتنا بالكامل، وانقطع الطريق بيننا وبين المقبرة وصندوق الشمس.
ثم انعقد حاجباه في حزم، مستطردًا:
- ولكننا لم نيئس.
قال (قاسم) في حماس:
- هذا واضح.
تابع الحاج في انفعال:
- كان من الضروري أن نصل إلى صندوق الشمس، وأن نستفيد بقدرته على إنتاج الذهب من الرصاص، حتى يمكننا الإنفاق على مشروعات تطوير قريتنا الجديدة، وتعليم أبنائها، وخاصة بعد أن أهملت الدولة شؤوننا، ونسيت أو تناست وجودنا وأصبحنا في حالة يرثى لها..
واعتدل في اعتداد، وهو يضيف:
- وقررنا الوصول إلى المقبرة بأي ثمن.
قال (قاسم) في حماس:
- ومن الواضح أنكم نجحتم في هذا.
ابتسم الحاج، قائلًا:
- لم يكن هذا سهلًا أو هينًا.. لقد احتاج منا إلى عشرين عامًا من العمل الشاق المتواصل، قمنا به جنبًا إلى جنب مع الجهود الذاتية لتطوير قريتنا، وتحسين سبل العيش فيها، في محاولة لرأب الصدع، بين تجاهل الدولة لنا، ورغبتنا فى حياة كريمة آمنة.
وتنهّد في ارتياح، وهو يتابع:
- وأخيرًا وصلنا إلى المقبرة، التي أطلقنا عليها اسم مقبرة الشمس.
وتهلّلت أساريره، مع استطراده:
- كان الضوء مازال يغمرها، من ذلك المصباح الدائم، ولكن ألوان النقوش بهتت إلى حد ما بسببه، مما أصابنا بالقلق، فاختبرنا قدرة طاقة

المصباح: باستخدام قطع صغيرة من الرصاص، فتحوَّلت إلي ذهب خالص بعد أسبوع واحد من التعرض لضوئه المبهر. وابتسم، مضيفًا:

- وهكذا عادت عجلة التحسن والتطوير تدور، وبدأنا مشروعًا لمد لقرية بالتيار الكهربي على نفقتنا الخاصة، وإقامة مركز طبي، ومدرسة، ومكتبة عامة.

ثم تلاشت ابتسامته، وهو يقول في أسى:

- ولكن مشروعنا هذا لم يكتمل للأسف.

سأله (قاسم) في انزعاج:

- كيف؟!

تنهَّد، وهزَّ رأسه في أسف، قائلًا:

- لسبب أبسط مما تتصور.. في أحد الأيام، كنا نضع بعض قطع الرصاص، عندما فقد أحد رجالنا توازنه، فسقط فوق الصندوق.

هتف (قاسم) مذكورًا:

- وحطم المصباح.

هزَّ الحاج رأسه نفيًا، وهو يقول:

- كلَّا.. لم يصل الأمر إلى هذا الحد والحمد لله (سبحانه وتعالى)، ولكن سقوط الرجل على الصندوق أغلقه.

سأله (قاسم) في حيرة:

- وماذا في هذا؟

تطلَّع إليه الحاج في صمت، قبل أن يقول:

- لم يمكننا إعادة فتحه قط.

ارتفع حاجبا (قاسم)، وهو يهتف في دهشة:

- حقًّا؟!

أجاب الحاج في أسف:

- من الواضح أنه لا يفتح بالطرق العادية، وأن له رتاجًا سريًا نجهله، فقد استغرقنا خمس سنوات كاملة في محاولة فتحه، إلا اننا فشلنا تمامًا.

سأله (قاسم) في اهتمام:

- ألم تحاولوا استخدام القوة؟!

رفع الحاج حاجبيه، وهو يقول في استهجان:
- القوة؟!.. القوة مع صندوق كهذا؟!.. لا أحد يجرؤ على اللجوء إلى القوة الغاشمة، في مثل هذه الظروف يا أستاذ (قاسم)، فمن يدري ما الذي يمكن أن يحدث عندئذ؟!.. ربما انفجر الصندوق بكل محتوياته، أو فقد طاقته أو فاعليته.. من يدري؟!
تنهَّد (قاسم)، وهو يومئ برأسه متفهمًا، ويغمغم:
- أنت على حق.
صمت الحاج بضع لحظات، ليلتقط أنفاسه، قبل أن يقول:
- ولهذا دعوناك لترسم الصندوق.
قال (قاسم) في دهشة:
- وما صلة هذا بذاك؟
أجابه الحاج في هدوء:
- كنا واثقين من أن الموقف كله سيثير حيرتك ودهشتك، وخاصة عندما ننقدك أجرك، دون أن نأخذ الرسومات، وأن حيرتك هذه ستدفعك إلى القيام بالخطوة الوحيدة المنطقية.. أن تنشر أحد الرسومات.
انعقد حاجبا (قاسم) في شدة، وهو يقول غاضبًا:
- إذن فقد كنت بالنسبة لكم مجرَّد فأر تجارب، يجري فوق متاهة أعددتموها بدقة، وأنتم تدركون أنه سيتخذ المسار الذي يروق لكم منها.
خفض الحاج عينيه، وهو يقول:
- أستاذ (قاسم).. لقد طلبت حضورك شخصيًا، لنقدم لك اعتذارنا عما فعلناه بك، ولكن لم يكن من المنطقي أن نمنحك كل ثقتنا دفعة واحدة، ونحن لا نعرف عنك إلا أقل القليل، ثم إننا كنا نريد منك أن تتحرك بمنتهى التلقائية، والسبيل الوحيد إلى هذا هو أن يحاط الموقف كله بنوع من الغموض، الذي يستفز حماسك، ويدفعك إلى التفكير والعمل، حتى تعثر على الشخص الذي يعرف طبيعة الصندوق، من الرسم المنشور في المجلة، فيسعى إليك بنفسه.
هتف (قاسم):
- الدكتور (براندون).
لم يكد ينطقها، حتى انبعث صوت يقول بالأمريكية في صرامة:

- في خدمتك أيها المخادع.
التفت (قاسم) والحاج إلى مصدر الصوت، ثم شهق الأوَّل في دهشة.. فأمام عينيه مباشرة، كان هناك مسدس ضخم مصوب إليهما، وخلفه يقف آخر رجل يتوقع رؤيته في هذا المكان.
(براندون).
الدكتور (جون براندون)..

☆☆☆

لثوان ران صمت ثقيل على المكان، و(قاسم) والحاج يحدقان في فوهة المسدس المصوبة إليهما، قبل أن يهتف (قاسم):
- كيف وصلت إلى هنا؟!
هزَّ (براندون) كتفيه، وهو يجيب في استهتار:
- لم يكن الأمر صعبًا كما تتصور.. لقد شاهدت ذلك النوبي في مكتبك، وأدركت على الفور أنه واحد من الذين استعانوا بك، لرسم ذلك الصندوق، مع نموذج مركب الشمس، لذا فلم أرحل، ولم أعد إلى الفندق، وإنما تبعتكما إلى المطار، واستقللت الطائرة معكما، في الدرجة الأولى، وعندما وصلنا إلى (أسوان) كنت قد تركت سيارتي (الجيب) في المطار لحسن الحظ، فتبعتكما بها إلى هنا، وعبرت شوارع هذه القرية السخيفة، التي تخلو من المارة مع غروب الشمس، فلم يعترضني أحد، حتى وصلت إلى منزل الحاج، وسمعت كل ما دار بينكما.
سأله الحاج في اهتمام:
- إذن، فأنت تعرف صندوق الشمس جيدًا.
أشار إليه (براندون) في حدة، مجيبًا:
- يا له من قول!.. إنني أعرف ذلك الصندوق بأكثر مما أعرف نفسي أيها المأفون.. لقد درسته طوال ما يقرب من عشر سنوات كاملة.
ارتفع حاجبا (قاسم) في دهشة، عندما ارتسمت على شفتي الحاج ابتسامة كبيرة، وهو يقول:
- عظيم.. أنت الشخص الذي نبحث عنه.
هتف (براندون) في سخرية:

- هكذا؟!.. أنتم سعداء الحظ إذن، فهأنذا، وأنتم ستقودونني الآن إلى المقبرة، التي تحوي صندوق الشمس.
أجابه الحاج في صرامة:
- ليس قبل أن تلقي مسدسك هذا جانبًا.
انعقد حاجبا (براندون) في غضب، وهو يلوح بمسدسه هاتفًا:
- اسمع أيها المخرف.. لست في موقف يسمح لك بإملاء أوامرك، ولا حتى بالتفاوض.. انظر إلى هذا المسدس، وستدرك أنني أسيطر على الموقف تمامًا، وأنك مضطر لطاعة أوامري.
اتسعت ابتسامة الحاج، وهو يقول في هدوء مثير:
- أتظن هذا حقًّا؟!
لم يكد ينطقها، حتى انفتحت كل نوافذ وأبواب الحجرة، وظهر من خلفها جيش من شباب القرية ورجالها، يحمل كل منهم عصا غليظة، ونظرة صارمة حازمة، ارتجفت لها أطراف (براندون)، وهو يدور بمسدسه مذعورًا، ويهتف:
- مرهم بالتراجع يا حاج.. مرهم بالتراجع وإلا أطلقت عليك النار.
عقد الحاج كفيه أمامه، وهو يقول بإنجليزية سليمة:
- وكم رصاصة ستطلق، قبل أن تفرغ خزانة مسدسك يا رجل.. ثماني.. عشرًا.. أو حتى عشرين ؟! في النهاية سيتبقى منا ما يكفي حتمًا لسحق عظامك، قبل أن تحقق حلمك برؤية صندوق الشمس.
دار (براندون) حوله في اضطراب، وقد احتقن وجهه، وأطل احتقانه عبر عينية الحمراوين، في حين تابع الحاج في هدوء شديد:
- ألم تسأل نفسك لماذا كانت شوارع القرية خالية؟.. هل تصوَّرت أن (راضي) وسائق السيارة لم ينتبها لمطاردتك لهما طوال الطريق؟.. خطأ يا رجل.. خطأ.. حتى وأنا أروي القصة لصديقنا الأستاذ (قاسم)، كنت أعلم أنك خلف النافذة، تسترق السمع.
عضَّ (براندون) شفتيه قهرًا وغيظًا، قبل أن يخفض مسدسه، هاتفًا:
- اللعنة!
أشار الحاج إلى أحد رجاله، فأسرع ينتزع المسدس من يد (براندون)، في حين هتف (قاسم) في غضب:

- أنت أحقر خبير آثار قابلته، في حياتي كلها.
هتف (براندون) في حدة:
- بل أنا أعظم خبير آثار التقيت به في حياتك يا فتى، وستفخر يومًا بأنك صافحتني.
قال (قاسم) في حنق:
- أتعشم ألا يأتي ذلك اليوم أبدًا.
صاح (براندون) في ثورة:
- أنت غبي.. غبي مثلهم.. لقد عثروا على صندوق يحوي أعظم أسرار المجرة، ثم انبهروا بقدرة طاقته على تحويل الرصاص إلى ذهب، ونسوا أن الأسرار الأخرى تفوق الذهب بألف مرة.
قال الحاج في هدوء:
- نحن نعلم أن الصندوق يحوي أسرارًا رهيبة، ولكننا نخشى أن تقع في يد بشري، فيطغى ويتجبر، ويتصوَّر أنه ملك العالم في قبضته، والقوة المطلقة مفسدة، وربما يكون فيها خراب الأرض كلها.
صاح به (براندون) في غضب:
- ليس من حقك أن تقرِّر.. ليس من حقك أن تتخذ قرارًا كهذا.
ابتسم الحاج، قائلًا:
- بل من الأفضل أن يتخذه شخص مثلي، لا يطمح إلى القوة أو النفوذ، وكل ما يطمح إليه هو حياة كريمة لائقة لقومه.
صرخ (براندون) في ثورة:
- خطأ.. خطأ.. الشخص الوحيد، الذي يمكنه اتخاذ قرار كهذا هو أنا.. أنا وحدي.. أنا صاحب الحق الوحيد في كل أسرار وطاقة صندوق الشمس.. أنا الذي قضيت عمري كله في البحث عنه.. أنا.. أنا.. أنا.
قال الحاج في حزم:
- وماذا عنا؟
صاح به (براندون):
- أنتم مجرَّد لصوص.. لقد سرقتم الخريطة من خالي (سام سيمونز).
قال الحاج في غضب:

- إننا لم نسرقها.. الرجل سلمني إياها بنفسه، قبل أن يلفظ أنفاسه الأخيرة، ولم يطلب مني تسليمها إلى أي كائن كان.
اتسعت عينا (قاسم)، وهو يهتف في دهشة:
- سلمك إياها؟!.. هل تعني أنك...
لم يستطع إكمال عبارته، ولكن الحاج شدّ قامته، وهو يجيب:
- نعم.. أنا الحاج (نافع).. كبير القرية منذ زمن طويل.. طويل للغاية.
اتسعت عينا (براندون) في ذهول، وهو يقول:
- الحاج (نافع)؟!.. ولكن هذا مستحيل!.. الحاج (نافع) كان في الخامسة والثمانين من عمره، عام ١٩٥٩م، ولو أنك هو، فهذا يعني أنك..
قاطعة الحاج في حزم:
- أنتي تجاوزت المائة عام بخمس عشرة سنة أو يزيد.
حدَّق (قاسم) فيه ذاهلًا، قبل أن يهتف:
- ولكن هذا مستحيل!.. إنك تبدو كما لو أنك لم تتجاوز الستين من العمر بعد.
أومأ الحاج برأسه إيجابًا، وهو يقول:
- هذا صحيح يا ولدي، ولكنه تأثير تلك الطاقة الهائلة، للمصباح دائم الإضاءة.. إنني لم أدرك تأثيره مباشرة، عندما استعدت وعيي، بعد أن أعادني الرجال إلى منزلي، ولا في الأيام التالية، ولكنني بدأت أنتبه إليه مع مرور الأيام والشهور والسنين، عندما لاحظت أن كل رافاقي يشيخون ويهرمون ويموتون، في حين أظل أنا قويًا صحيحًا، وكأنما لا يمضي بي الزمن قط، كما أن طاقتي في العمل ظلت أكبر حتى من شباب القرية.
هتف (براندون) مبهورًا:
- الخلود.. لقد كشفت سر الخلود.
هز الحاج (نافع) رأسه نفيًا، وهو يقول:
- الخلود لله وحده يا ولدي.. كل ما حدث لي هو أن عوامل التقدم في السن تراجعت لبعض الوقت، وأشعر بها تعود لتهاجمني في هذه الأيام، بشراسة وأكبر من ذي قبل.
قال (قاسم) مبهوتًا:

- ولكنك تبدو سليمًا معافى.

ابتسم الحاج في أسى، قائلًا:

- ظاهريًا فحسب يا ولدي.. ظاهريًا فحسب.

هتف (براندون):

- ولماذا لا تتزود بالطاقة ثانية.. لماذا لم يفعل الجميع هذا؟

هزَّ الحاج رأسه، قائلًا:

- لم يفلح هذا إلا معي فحسب، ويبدو أن هذا لا يحدث إلا بعد أن تظل طاقة المصباح محبوسة لسنوات طوال، وعندما يتم استهلاكها، عبر جسد ما، تنتفي منها هذه السمة على الفور.

عضَّ (براندون) شفتيه قهرًا، وهو يهتف:

- يا للخسارة!.. يا للخسارة!

ثم استطرد في لهفة:

- ولكنني أريد رؤية تلك المقبرة.. أريد رؤية صندوق الشمس، والمصباح الذي لا ينطفئ أبدًا.

رمقه الحاج (نافع) بنظرة طويلة، قبل أن يقول في حزم:

- ستراه يا رجل.. ستراه.

سأله في لهفة أكثر:

- متى؟.. متى يمكنني رؤيته؟

تعلقت الأبصار كلها بالحاج (نافع)، الذي لاذ بالصمت بضع لحظات، قبل أن يجيب في حذر وحسم:

- الآن..

وانتفض قلب (براندون) في عنف..

☆ ☆ ☆

سرى توتر واضح في جسد (قاسم)، والرجال يقودونه مع (براندون) معصوبي الأعين، عبر ذلك الطريق المجهول إلى مقبرة الشمس..

وفي هذه المرة، حاول جاهدًا أن يدرس الموقف، باستخدام كل حواسه الأخرى..

كان على الرغم من العصابة على عينيه، يستطيع تمييز نيران المشاعل، التي يحملها الرجال..
ولم تكن تلك النيران تهتز على نحو كاف، كما أنه لا يشعر بهبات النسيم على وجهه..
وهذا يعني أنهم يسيرون عبر نفق ما..
وللتأكد من صحة استنتاجه، راح يسعل بصوت مرتفع، وهو يصغي جيدًا إلى صدى سعاله، الذي تردَّد على نحو منتظم، كما يحدث عادة في الأماكن المغلقة..
أما (براندون)، فقد سأل في عصبية:
- أين نسير بالضبط؟
جاوبه صمت مطبق، زاد من حنقه وتوتره، فصاح:
- سألتكم أين نحن؟!
تردَّد صدى الصوت على نحو واضح، جعله يهتف:
- آه.. إننا داخل نفق ما.. لقد حفرتم نفقًا للوصول إلى المقيرة.. هذا ما فعلتموه طوال العشرين عامًا.
قالها، وهو يتلفت حوله فى عصبية، فارتطمت يده بجدار النفق، وشعر برطوبته وبقطرات الماء المعلقة عليه، فاستطرد:
- وهذا النفق يمتد تحت مياه البحيرة.. أليس كذلك؟
مرة أخري جاوبه صمت مطبق، جعله يصرخ:
- لماذا تتجاهلونني؟
أجابه (قاسم) في توتر:
- ماذا كنت ستفعل، لو أنك في موضعهم، ورجل يصر على إقناعك بكشف سرك له؟
صاح (براندون):
- ليس هذا من حقهم.. ليس من حقهم أبدًا.
تنهَّد (قاسم)، قائلًا:
- من الواضح أنه ما من جدوى من مناقشة هذا الأمر معهم.
انعقد حاجبا (براندون) في غضب، وهو يقول:
- سيدفعون الثمن.. سيدفعونه غاليًا.

كانوا يسيرون منذ نصف الساعة تقريبًا، فيصعدون ويهبطون، وينحرقون إلى اليمين تارة، وإلى اليسار تارة، و...

وأخيرًا، ارتفع صوت الحاج، وهو يقول في هدوء:

- وصلنا.

لم يكد ينطقها، حتى رفع (براندون) العصابة عن عينيه، وأطلق شهقة قوية، وهو يحدق في ذلك الصندوق، الذي يحمل فوقه أروع نموذج لمراكب الشمس رآه في حياته كلها..

وفي انبهار شديد، راح (براندون) يدور في المقبرة، هاتفًا:

- إذن فهي حقيقية.. القصة كلها حقيقية.. بردية (أحمس) لم تكن كاذبة أو خيالية.. إنها حقيقة.. حقيقة..

ثم ألقى نفسه على الصندوق، وركع أمامه يتحسسه فى انبهار، والحاج (نافع) يسأله في اهتمام:

- هل يمكنك أن تفتح الصندوق؟

التفت إليه (براندون)، هاتفًا:

- ألديك شك في هذا؟

ثم خفض يديه، وضغط جزءًا من النقوش، على الجانب الأيمن للصندوق، ويده الأخرى تدير نقشًا ثانيًا، في الجانب الأيسر منه، وبعدها دفع واجهة الصندوق، من طرفها الأيسر العلوي، وهو يقول في انبهار:

- كل شيء مذكور في بردية (أحمس).

وأخيرًا تراجع خطوة، وضغط اسم (كال-دون) بكفيه، و.. وانفتح الصندوق..

ومع القدر الضئيل من الفراغ، الذي نشأ بين الصندوقي والغطاء، انبعث ضوء مبهر، كما لو أن الشمس تشرق بالفعل من قلب الصندوق..

وبكل لهفته، رفع (براندون) الغطاء قليلًا..

وغمر الضوء المبهر المكان كله..

وهتف (براندون)، وهو يطلق ضحكات ظافرة، ردَّدتها جدران المقبرة في عنف:

- أخيرًا.. أخيرًا ظفرت بصندوق الشمس.. أخيرًا.

كان الضوء يغشي أبصار الجميع، والحاج (نافع) يقول:

- إنك لم تظفر به بعد.
أطلق (براندون) ضحكة مجلجلة أخر، وهو يقول:
- هذا ما تظنه أيها المأفون.
وعلى الرغم من شدة الضوء، استطاع (قاسم) تمييز ذلك الشيء، الذي يمسك به (براندون)، ويصوبه إلى الحاج..
وكان ذلك الشيء عبارة عن مسدس..
مسدس كبير، ضغط (براندون) زناده، و هو يقول:
- الوداع أيها المخرف.
ودوت الرصاصة في المقبرة القديمة..
مقبرة الشمس.

☆☆☆

النهاية

طوال عمله كرسَّام صحفي، وعلى الرغم من الشهرة الواسعة التي نالها، من خلال رسمه لأغلفة وصفحات سلسلة الحركة الشهيرة (دائرة الإجرام)، إلا أن (قاسم عيسى) لم يتخيل نفسه قط في مواجهة مسدس حقيقي، ولم يتصور أبدًا أن باستطاعته التعامل مع شخص يحمله..

ولكن من المؤكد أن المواجهة الفعلية تختلف كثيرًا عن التصور والخيال..

فلم يكد (قاسم) يلمح ذلك المسدس، الذي يصوِّبه (براندون) إلى الحاج (نافع)، حتى وجد نفسه ينقض على الأمريكي، هاتفًا:

- احترس يا (حاج).

وفي نفس اللحظة، التي ارتطم فيها جسده بجسد (براندون)، انطلقت الرصاصة..

وانطلقت صيحة ألم من بين شفتي الحاج (نافع)..

وبكل ما يملك من قوة، هوى (قاسم) بقبضته على فك (براندون)، هاتفًا:

- أيها الوغد الحقير.. كنت تخفي مسدسًا ثانيًا.

قاومه (براندون) في شراسة، وهو يصرخ:

- أيها الغبي.. لست تفهم شيئًا.. إنهم لا يستحقون ما حصلوا عليه.. لا يستحقونه أبدًا.

ودفع (قاسم) بعيدًا، ثم هب واقفًا على قدميه، وهو يصوب إليه مسدسه صارخًا:

- كل هذا ملكي.. ملكي وحدي.

انتفض جسد (قاسم)، وهو يغلق عينيه في قوة وتصوَّر أن الرصاصة ستخترق رأسه بلا ريب، إلا أنه سمع ضربة مكتومة وصرخة تأوه قوية، أعقبها صوت سقوط جسد على الأرض، ففتح عينيه في سرعة، ورأى أحد الرجال المرافقين لهم ممسكًا عصاه، وأمامه (براندون) على الأرض فاقد الوعي، والحاج يسرع نحوه، ويسأله في لهفة، والدماء تغرق كتفه، وتلوث جلبابه الناصع البياض:

- أستاذ (قاسم).. أأنت بخير؟!

أدار (قاسم) عينيه في المكان كله، وهو يغمغم:

- نعم.. نعم.. أنا بخير.

عاونه الحاج على النهوض، قائلًا:

- هيَّا.. سنعود إلى القرية.. هيا.

سأله مشيرًا إلى (براندون):

- وماذا عنه؟!

صمت الحاج (نافع) لحظة، ثم ارتسمت على شفتيه ابتسامته الهادئة المعهودة، وهو يجيب:

- أظنه سيشعر بندم شديد عندما يستعيد وعيه.

حاول (قاسم) النهوض، إلا أن قدمه انزلقت في ضعف، فقال:

- لست أدري ماذا أصابني؟!.. يبدو أنني..

ثم مادت به الأرض، وأظلمت الدنيا أمام عينيه، وهو يهتف:

- ربَّاه... ماذا فعلتم بي؟

أجابه الحاج في اهتمام:

- لا شيء يا ولدي.. أنت مرهق.. مرهق فحسب.

وكان هذا آخر ما سمعه (قاسم)، قبل أن يهوى في غيبوبة عميقة.. عميقة للغاية..

☆ ☆ ☆

لم يدر (قاسم) كم من الوقت ظل فاقد الوعي، ولكنه استيقظ فجأة، ليجد نفسه راقدًا فوق ذلك الفراش الوثير المريح، في حجرة الضيافة بمنزل الحاج (نافع)، فاعتدل جالسًا على طرفه، وتطلَّع إلى النافذة، التي تسلَّلت خيوط أشعة الشمس من بين فرجاتها، وتمتم:

- يا إلهي!.. هل نمت كل هذا الوقت؟

أتاه صوت الحاج (نافع) هادئًا رصينًا، وهو يسأله:

- كيف حالك الآن؟

أدهشة أنه لم ينتبه إلى وجوده في الحجرة في البداية، فالتفت إليه بسرعة، قائلًا:

- أفضل بكثير.

ابتسم الحاج ابتسامته العذبة، وهو يقول:

- كنت مرهقًا للغاية أمس، حتى أنك فقدت الوعي.
استعاد ذهنه كل تفاصيل حادث الأمس، مع عبارة الحاج، وهتف:
- أين (براندون)؟
أشار الحاج بيده، مجيبًا في هدوء:
- لقد رحل.
ردَّد (قاسم) في دهشة:
- رحل؟!
أومأ الحاج برأسه إيجابًا، وقال:
- نعم.. لقد استعاد وعيه بعد الفجر بقليل، وأخذ يصرخ ويهدد ويتوعد، مطالبًا بإعادته إلى مقبرة الشمس، ثم لم يلبث أن انهار، وراح يتوسل ويتضرع، ولما لم يأت هذا أيضًا بنتيجة، عاد يصرخ ويسب ويلعن، ثم استقل سيارته (الجيب)، وغادر القرية كلها في ثورة هائلة.
سأله (قاسم) في اهتمام:
- أظنه سيعود ثانية؟!
أجابه الحاج في هدوء:
- بكل تأكيد.
ثم ارتسمت على شفتيه ابتسامة هادئة، وهو يضيف:
- ولكن ليس وحده.
سأله (قاسم) في حيرة:
- هل سيحضر بعض رجال العصابات مثلًا؟
ضحك الحاج، قائلًا:
- سترى يا ولدي.. سترى.
تطلَّع (قاسم) إلى كتفه، قبل أن يشير إليها، قائلًا:
- كيف حال إصابتك؟
صمت الحاج لحظات، ثم استعاد ابتسامته، وهو يكشف كتفه، قائلًا:
- ما رأيك أنت؟
كاد (قاسم) يقفز من فراشه ذاهلًا، وهو يحَّدق في كتف الحاج، التي لم يعد فيها من إصابته سوي خط باهت، يشير إلى الالتئام التام للجرح، وهتف:

- كيف حدث هذا؟

اعتدل الحاج، وهزَّ رأسه، قائلًا:

- لا تسألني.. أنا نفسي أجهل السبب.

قال (قاسم) في انفعال:

- من الواضح أن تلك الطاقة ضاعفت من نشاط خلاياك إلى درجة مدهشة.

ابتسم الحاج، قائلًا:

- نعم.. يبدو هذا.

لم يكد يتم عبارته، حتى ارتفع صوت أبواق سيارات شرطة، تتجه إلى القرية، فقال (قاسم) في توتر:

- ما هذا؟

أشار إليه الحاج في هدوء، قائلًا:

- لا تقلق يا ولدي.. كنا نتوقع هذا.

قالها وغادر المكان في هدوء، ليستقبل سيارات الشرطة، فأسرع (قاسم) يرتدي ثيابه، ويهرع خلفه، وعندما وصل إلى الساحة، رأى الحاج يتحدَّث مع ضابط شرطة برتبة مقدم، وإلي جوار هما (براندون) يصرخ:

- إنه كاذب.. هذا الرجل كاذب أيها الضابط.. لقد رأيت بنفسي مقبرة فرعونية كاملة، ومومياوات، وآثار قديمة.. إن لديهم متحفًا كاملًا هنا.. كانوا يريدون بيعه لي، ولكنني أعرف القانون المصرى.. أنا رجل شريف أيها الضابط.

انعقد حاجبا الضابط، وهو يسأل الحاج (نافع):

- أهذا صحيح يا حاج؟

أجابه الحاج في هدوء:

- نحن قوم شرفاء أيها الضابط، وأنتم خير من يعرفنا.. حتى الجرائم العادية لا تحدث بيننا. ولم نحاول قط بيع أية آثار، أو حتى عرضها للبيع.

صاح (براندون):

- إنه كاذب.. كاذب.. فتشوا المكان، وستعثرون على تلك الآثار حتمًا.. ستجدون مدخل نفق سري، أو شيء من هذا القبيل.

أدرك (قاسم) ما يسعى إليه (براندون)، وانعقد حاجباه في شيء كثير من القلق، في حين ظل الحاج على هدوئه، والضابط يقول له:

- معذرة يا حاج، ولكنني مضطر لتفتيش القرية كلها.

أشار الحاج بيده، قائلًا في بساطة:

- المكان كله رهن إشارتك أيها الضابط.

انتشر رجال الشرطة في القرية كلها، وراحوا يفتشون كل شبر فيها، وينقرون الجدران، ويدقون الحوائط، و(براندون) يتنقل حولهم كالمجنون، وهو يهتف:

- مدخل النفق السري في مكان ما هنا.. أنا واثق..

واقترب (قاسم) من الحاج، وهمس في أذنه بقلق:

- أأنت واثق من أنهم لن يعثروا على شيء.

ابتسم الحاج دون أن يجيب، ولكن ابتسامته حملت قدرًا هائلًا من الثقة، بث الارتياح في نفس (قاسم)، فجلس يتابع الموقف بنفس الهدوء..

واستغرقت عملية التفتيش الدقيقة نصف النهار، قبل أن يقول الضابط للحاج:

- تقبل اعتذاري يا حاج.

صرخ (براندون):

- مستحيل!.. إنه هنا في مكان ما.. مستحيل!

التفت إليه الشيخ في هدوء، وهو يقول:

- يبدو أنك لم تستطع التفرقة بين خيالك وواقعك يا رجل.. ولو أنني في موضعك، لنسيت أمر صندوق الشمس هذا..

ثم انعقد حاجباه في صرامة، مع إضافته:

- وإلى الأبد.

اتسعت عينا (براندون) في ارتياع، وقد أدرك ما يعنيه الحاج، وتراجع كالمصعوق، وهو يصرخ:

- لا.. مستحيل!.. مستحيل!

ثم انطلق يقهقه ضاحكًا في قوة، ويلوح بيديه، هاتفًا:

- لقد لمسته بيدي.. لا يمكن أن أفقده الآن.. لا يمكن أبدًا..

وأمام أعين الجميع، راح يجري في القرية، صارخًا:

- صندوق الشمس حقيقة.. حقيقة..
ثم يقهقه ضاحكًا في قوة.
وكان من الواضح أن خبير الآثار الأمريكي قد أصيب بالجنون.
الجنون المطبق..
☆☆☆

انطلقت زغرودة قوية، خلف سيارة (قاسم) و(ليلى)، التي تنطلق بهما، في طريقها إلى (الإسكندرية)، لقضاء شهر العسل، وأطلق (قاسم) ضحكة عالية، قبل أن يضم (ليلى) إليه في حرارة، هاتفًا:
- لست أصدق نفسي.. أخيرًا أصبحنا زوجين.
هتفت ضاحكة:
- احترس أيها المجنون.. إنك تقود السيارة.
ضحك، قائلًا:
- اطمئني يا زوجتي العزيزة.. بعد ما واجهته في تلك القرية النوبية، لم يعد هناك ما يقلقني قط.
تملصت منه في دلال، وسألته:
- قل لي.. لماذا لم يحضر الحاج (نافع) حفل زواجنا؟
ابتسم مجيبًا:
- إنه لم يعد يميل كثيرًا إلى مغادرة القرية، فآلامه تتزايد، ويبدو أن الخلايا التي عملت طويلًا بنشاط زائد، بدأت في الانهيار الآن.
هزت رأسها، قائلة:
- هل تعلم؟.. لقد حصل ذلك النوبي على ما يحلم به الكثيرون، إلا أن هذا لم يسعده قط.
أومأ برأسه موافقًا، وهو يقول:
- هذا صحيح، فقد شرح لي كيف أنه تعذب طويلًا، ورفاقه يرحلون واحدًا بعد الآخر، وامرأته تشيخ وتموت، وكذلك أبناؤه، في حين يراقبهم هو يائسًا حتى من اللحاق بهم.
تنهَّدت مغمغمة:
- سبحان الله.

ثم سألته في اهتمام:
- وماذا عن (براندون)؟
مطّ شفتيه، قبل أن يجيب:
- لقد فقد عقله تمامًا، وتم ترحيله إلى موطنه، ومازال يخضع لعلاج مكثف، منذ ذلك الحين، ولكنه لا يستطيع نسيان أنه رأى صندوق الشمس، ولمسه بأصابعه.
ثم ابتسم، مستطردًا:
- ولكن العجيب أن زميله المصري الدكتور (مهدي) تقدَّم ببحث كامل حول ما يطلق عليه اسم (بردية أحمس)، في مؤتمر الآثار المصرية القديمة الأخير، في (لوس أنجلوس)، وتضمَّن بحثه هذا وصفًا كاملًا لنموذج مركب الشمس، المصنوع من الخشب والذهب، والمرصع بالأحجار الكريمة، والصندوق ذي النقوش، واستعان بالرسوم التي وضعتها أنا، لتوضيح شكل ذلك النموذج كما تضمن البحث أيضًا دراسة مستفيضة حول نظرية الكويكبات، وذلك العدد الهائل منها، الذي يقع بين (المريخ)، و(المشتري)، ولقد أثار بحثه هذا جدلًا واسعًا في المؤتمر، ونشرته عشرات المجلات العلمية المتخصصة، وعلق عليه عدد هائل من علماء الآثار.
والتفت إليها، يسألها:
- وهل تعرفين ما الاسم، الذي أطلقه على بحثه هذا؟
تطلّعت إليه في تساؤل، فغمز بعينه، مجيبًا سؤاله:
- لقد أطلق عليه اسم (لغز مقبرة الشمس).
قالها، وزاد من سرعة السيارة، وهو يطلق ضحكة مرحة عالية، شاركته إياها زوجته، والسماء تزدان بالنجوم فوقهما، وكأنها تشاركهما فرحتهما وسعادتهما..
أو كأنها ترسل تحية إلى حطام ذلك الكوكب، الذي كان يومًا أعظم كواكب المجموعة الشمسية كلها.. الكوكب العاشر.